Rosenblättchen

KLEINE BIBLIOTHEK

Rosenblättchen

Aus romantischer
deutscher Dichtung

Der Kinderbuchverlag
Berlin

Herausgegeben von Christa Goldammer
Illustrationen von Brigitte Schleusing

ISBN 3-358-01244-1

Clemens Brentano
‹1778–1842›

Ich wollt ein Sträußlein binden

Ich wollt ein Sträußlein binden,
Da kam die dunkle Nacht,
Kein Blümlein war zu finden,
Sonst hätt ich dir's gebracht.

Da flossen von den Wangen
Mir Tränen in den Klee,
Ein Blümlein aufgegangen
Ich nun im Garten seh.

Das wollte ich dir brechen
Wohl in dem dunklen Klee,
Doch fing es an zu sprechen:
»Ach tue mir nicht weh!

Sei freundlich in dem Herzen,
Betracht dein eigen Leid,
Und lasse mich in Schmerzen
Nicht sterben vor der Zeit.«

Und hätt 's nicht so gesprochen,
Im Garten ganz allein,
So hätt ich dir's gebrochen,
Nun aber darf's nicht sein.

Mein Schatz ist ausgeblieben,
Ich bin so ganz allein.
Im Lieben wohnt Betrüben,
Und kann nicht anders sein.

Das Märchen von dem Myrtenfräulein

Im sandigen Lande, wo nicht viel Grünes wächst, wohnten einige Meilen von der porzellanenen Hauptstadt, wo der Prinz Wetschwuth residierte, ein Töpfer und seine Frau mitten auf ihrem Tonfeld neben ihrem Töpferofen, beide ohne Kinder, einsam und allein. Das Land war ringsum so flach wie ein See, kein Baum und kein Busch war zu sehen, und es war gar betrübt und langweilig. Täglich beteten die guten Leute zum Himmel, er möge ihnen doch ein Kind bescheren, damit sie eine Unterhaltung

hätten, aber der Himmel erhörte ihre Wünsche nicht. Der Töpfer verzierte alle seine Gefäße mit schönen Engelsköpfen, und die Töpferin träumte alle Nacht von grünen Wiesen und anmutigen Gebüschen und Bäumen, bei welchen Kinder spielten; denn wornach das Herz sich sehnt, das hat man immer vor Augen.

Einstens hatte der Töpfer seiner Frau zwei schöne Werke auf ihren Geburtstag verfertigt, eine wunderschöne Wiege von dem weißesten Ton, ganz mit goldenen Engelsköpfen und Rosen verziert, und ein großes Gartengefäß von rotem Ton, rings mit bunten Schmetterlingen und Blumen bemalt. Sie machte sich ein Bettchen in die Wiege und füllte das Gartengefäß mit der besten Erde, die sie selbst stundenweit in ihrer Schürze dazu herbeitrug, und so stellte sie die beiden Geschenke neben ihre Schlafstelle, in beständiger Hoffnung, der Himmel werde ihr ihre Bitte gewähren; und so betete sie auch einst abends von ganzer Seele:

»Herr, ich flehe auf den Knien,
Schenke mir ein liebes Kind!
Fromm will ich es auferziehen:
Ist's ein Mägdlein, daß es spinnt
Einen klaren, reinen Faden
Und dabei hübsch singt und betet;
Ist's ein Sohn durch deine Gnaden,
Daß er kluge Dinge redet
Und ein Mann wird treu von Worten,
Stark von Willen, kühn von Tat,
Der geehrt wird allerorten,
Wie im Kampfe, so im Rat.
Herr, bereitet ist die Wiege,
Gib, daß mir ein Kind drin liege!
Ach, und sollte es nicht sein,
Gib mir doch nur eine Wonne,

Wär's auch nur ein Bäumelein,
Das ich in der lieben Sonne
Könnte ziehen, könnte pflegen,
Daß ich mich mit meinem Gatten
Einst im selbsterzognen Schatten
Unter ihm ins Grab könnt legen!«

So betete die gute Frau unter Tränen und ging zu Bett. In der Nacht war ein schweres Gewitter, es donnerte und blitzte, und einmal fuhr ein heller Glanz durch die Schlafkammer. Am andern Morgen war das schönste Wetter, ein kühler Wind wehte durch das offene Fenster, und die gute Töpferin lag in einem süßen Traum, als sitze sie unter einem schönen Myrtenbaum bei ihrem lieben Manne. Da säuselte das Laub um sie, und sie erwachte, und siehe da, ein frisches, junges Myrtenreis lag neben ihr auf dem Kopfkissen und spielte mit seinen zarten, im Winde bewegten Blättern um ihre Wangen. Da weckte sie mit großen Freuden ihren Mann und zeigte es ihm, und sie dankten beide Gott auf ihren Knien, daß er ihnen doch etwas Lebendiges geschenkt hatte, das sie könnten grünen und blühen sehen. Sie pflanzten das Myrtenreis mit der größten Sorgfalt in das schöne Gartengefäß, und es war täglich ihr liebstes Geschäft, das junge Stämmchen zu begießen und in die Sonne zu setzen und vor bösem Tau und rauhen Winden zu schützen. Das Myrtenreis wuchs zusehends unter ihren Händen und duftete ihnen Fried und Freude ins Herz.

Da kam einstens der Landesherr, Prinz Wetschwuth, in diese Gegend mit einigen Gelehrten, um neue Porzellanerde zu entdecken; denn es wurden in seiner Hauptstadt Porzellania so viele Häuser davon gebaut, daß diese Erde in der Nähe der Stadt selten geworden war. Da er in die Wohnung des Töpfers eintrat, ihn um seinen Rat zu fragen, ward er bei dem Anblick des Myrtenbäumchens so durch dessen Schönheit hingerissen, daß er alles andere vergaß und in lauter Verwunderung ausrief: »O wie lieblich, wie reizend ist diese Myrte! Ihr Anblick hat für mein Herz etwas ungemein Erquickendes, ich möchte immer in der Nähe dieses Baumes leben – nein, ich kann ihn nicht entbehren, ich muß ihn besitzen, und müßte ich ihn mit einem Auge erkaufen!« Nach diesem Ausruf fragte er sogleich den Töpfer und seine Frau, was sie für die Myrte verlangten. Diese guten Leute erklärten auf die bescheidenste Weise, daß sie den Baum nicht verkaufen wollten und daß er das Liebste sei, was sie auf Erden hätten.

»Ach«, sagte die Töpferin, »ich könnte nicht leben, wenn ich meine Myrte nicht vor mir sähe; ja, sie ist mir so lieb und wert, als wäre sie mein Kind, und kein Königreich nähme ich für diese meine Myrte.« Da der Prinz Wetschwuth dies hörte, ward er sehr traurig und begab sich nach seinem Schlosse zurück. Seine Sehnsucht nach der Myrte ward so groß, daß er in eine Krankheit fiel und das ganze Land um ihn bekümmert wurde. Da kamen Abgesandte zu dem Töpfer und seiner Frau und forderten sie auf, die Myrte dem Prinzen zu überlassen, damit er nicht vor Sehnsucht sterben möchte. Nach langen Unterhandlungen sagte die Frau: »Wenn er die Myrte nicht hat, so muß er sterben, und wenn wir die Myrte nicht haben, so können wir nicht leben; will der Prinz nun die Myrte haben, so muß er uns auch mitnehmen, wir wollen sie ihm überbringen und ihn anflehen, daß er uns als treue Diener in sein Schloß aufnehme, damit wir die geliebte Myrte dann und wann sehen und uns an ihr erfreuen können.« Das waren die Abgesandten zufrieden, sie schickten gleich einen Reiter in die Stadt mit der frohen Nachricht, die Myrte werde ankommen, der Prinz sollte Mut fassen. Nun stellte der Töpfer das Gefäß mit der Myrte auf eine Tragbahre, über welche die Frau ihre schönsten seidenen Tücher gebreitet hatte, und sie trugen beide, nachdem sie ihre Hütte verschlossen hatten, den geliebten Baum nach der Stadt, wohin sie von den Abgesandten begleitet wurden. Von der Stadt kam ihnen der Prinz selbst in einem Wagen entgegen und hatte ein goldenes Gießkännchen in der Hand, womit er die geliebte Myrte begoß, bei deren Anblick er sich sichtbar erholte. Vier weißgekleidete, mit Rosen geschmückte Jungfrauen kamen mit einem rotseidenen Traghimmel, unter welchem die Myrte nach dem Schloß getragen wurde. Kinder streuten Blumen, und alles Volk war froh und warf die Mützen in die Höhe. Nur neun Fräulein in der Stadt waren nicht bei der allgemeinen Freude zugegen, denn sie wünschten, daß die Myrte verdorren möchte, weil der Prinz, ehe er die Myrte gesehen hatte, sie oft besuchte und jede von ihnen gehofft hatte, einst Beherrscherin der Stadt Porzellania zu werden. Seit aber von der Myrte die Rede war, hatte er sich nicht mehr um sie bekümmert; drum waren sie auf den unschuldigen Baum so erbittert, daß sich an diesem Freudentage keine von ihnen erblicken ließ. Der Prinz ließ die Myrte an das Fenster seiner Stube stellen und gab dem Töpfer und seiner Frau eine Wohnung im Schloßgarten, aus deren Fenster sie die Myrte immer erblicken konnten, womit die guten Leute dann auch wohl zufrieden waren.

Der Prinz war bald wieder ganz gesund; er pflegte den Baum mit einer unbeschreiblichen Liebe und Sorgfalt; auch wuchs dieser und breitete sich aus zu aller Freude. Einstens setzte sich der Prinz abends neben dem Baume auf sein Ruhebett. Alles war ruhig im Schloß, und er entschlummerte in tiefen Gedanken. Da nun die Nacht alles bedeckt hatte, hörte er ein wunderbares Säuseln in seinem Baum und erwachte und lauschte; da vernahm er eine leise Bewegung in seiner Stube herum, und ein süßer Duft breitete sich umher. Er war stille, stille und lauschte immerfort; endlich, da es ihm wieder so wunderbar in der Myrte säuselte, begann er zu singen:

»Sag, warum dies süße Rauschen,
Meine wunderschöne Myrte,
O mein Baum, für den ich glühe?«

Da sang eine liebliche Stimme wieder:

»Dank will ich für Freundschaft tauschen
Meinem wunderguten Wirte,
Meinem Herrn, für den ich blühe!«

Da war der Prinz über die Stimme so entzückt, daß es nicht auszusprechen ist; aber bald ward seine Freude noch viel größer, denn er bemerkte, daß sich jemand auf den Schemel zu seinen Füßen setzte, und da er die Hand darnach ausstreckte, ergriff eine zarte Hand die seinige und führte sie an die Lippen eines Mundes, welcher sprach: »Mein teurer Herr und Prinz, frage nicht, wer ich bin; erlaube mir nur, dann und wann in der Stille der Nacht zu deinen Füßen zu sitzen und dir zu danken für die treue Pflege, welche du mir in der Myrte bewiesen; denn ich bin die Bewohnerin dieser Myrte; aber mein Dank für deine Zuneigung ist so gewachsen, daß er keinen Raum mehr in diesem Baume hatte, und so hat es mir der Himmel vergönnt, in menschlicher Gestalt dir manchmal nahe zu sein.« Der Prinz war entzückt über diese Worte und pries sich unendlich glücklich durch dies Geschenk der Götter. Sie unterhielten sich einige Stunden, und sie sprach so weise und klug, daß er vor Begierde brannte, sie von Angesicht zu Angesicht zu sehen. Das Myrtenfräulein aber sagte zu ihm: »Laß mich erst ein kleines Lied singen, dann kannst du mich sehen«, und sie sang:

»Säusle, liebe Myrte!
Wie still ist's in der Welt!
Der Mond, der Sternenhirte
Auf klarem Himmelsfeld,
Treibt schon die Wolkenschafe
Zum Born des Lichtes hin,
Schlaf, mein Freund, o schlafe,
Bis ich wieder bei dir bin.«

Dazu säuselte die Myrte, und die Wolken trieben so langsam am Himmel hin, und die Springbrunnen plätscherten so leise im Garten, und der Gesang war so sanft, daß der Prinz einschlief, und als er kaum nickte, erhob sich das Myrtenfräulein leise, leise vom Schemel und begab sich wieder in die Myrte.

Als der Prinz am Morgen erwachte, erblickte er den Schemel leer zu seinen Füßen, und er wußte nicht, ob das Myrtenfräulein wirklich bei ihm gewesen war oder ob er nur geträumt habe; aber da er das Bäumchen ganz mit Blüten übersät sah, die in der Nacht aufgegangen waren, ward er der Erscheinung immer gewisser. Nie ward die Nacht so sehnsüchtig erwartet als von ihm; er setzte sich schon gegen Abend auf sein Ruhebett und harrte. Endlich war die Sonne hinunter, es dämmerte, es ward Nacht. Die Myrte säuselte, und das Myrtenfräulein saß zu seinen Füßen und erzählte ihm so schöne Sachen, daß er nicht genug zuhören konnte, und als er sie wieder bat, Licht anzünden zu dürfen, sang sie ihm wieder ein Liedchen:

»Säusle, liebe Myrte,
Und träum im Sternenschein!
Die Turteltaube girrte
Auch ihre Brut schon ein.
Still ziehn die Wolkenschafe

Zum Born des Lichtes hin,
Schlaf, mein Freund, o schlafe,
Bis ich wieder bei dir bin.«

Da schlummerte der Prinz wieder ein und erwachte am Morgen wieder mit gleicher Überraschung und erwartete die Nacht wieder mit gleicher Sehnsucht. Aber es ging ihm auch diesmal wie in der ersten und zweiten Nacht; sie sang ihn immer in den Schlaf, wenn er sie zu sehen verlangte. Sieben Nächte ging dies so fort, während welchen sie ihm so vortreffliche Lehren über die Kunst zu regieren gab, daß seine Begierde, sie zu sehen, nur noch größer ward. Er ließ daher am andern Tage an die Decke seiner Stube ein seidenes Netz befestigen, welches er ganz leise niederlassen konnte, und so erwartete er die Nacht. Als das Myrtenfräulein wieder zu seinen Füßen saß und ihm die tiefsinnigsten Lehren über die Pflichten eines guten Fürsten gegeben hatte, wollte sie ihm wieder das Schlaflied singen, aber er sprach zu ihr: »Heute will ich einmal singen«, und sie gab es nach vielen Bitten zu; da sang er folgendes Liedchen:

»Hörst du, wie die Brunnen rauschen?
Hörst du, wie die Grille zirpt?
Stille, stille, laß uns lauschen!
Selig, wer in Träumen stirbt;
Selig, wen die Wolken wiegen,
Wem der Mond ein Schlaflied singt!
Oh, wie selig kann der fliegen,
Dem der Traum den Flügel schwingt,
Daß an blauer Himmelsdecke
Sterne er wie Blumen pflückt:
Schlafe, träume, flieg, ich wecke
Bald dich auf und bin beglückt.«

Und dies Lied wirkte so durch die sanfte Weise, in welcher er es sang, daß das Myrtenfräulein zu den Füßen des Prinzen entschlummerte; da ließ er das Netz nieder über sie und zündete seine Lampe an, und – o Himmel – was sah er? Die wunderschönste Jungfrau, welche jemals gelebt, im Antlitz wie der klare Mond so mild und rein, Locken wie Gold um die Stirne spielend, und auf dem Haupt ein Myrtenkrönchen; sie hatte ein grünes Gewand an, mit Silber gestickt, und ihre Hände gefaltet wie ein Engelchen. Lange betrachtete er seine Freundin und Lehrerin mit stummem Erstaunen, dann konnte er seine Freude nicht mehr fassen, er brach in lauten Jubel aus und rief: »O Tugend, o Weisheit, wie schön ist deine Gestalt, wer kann leben ohne dich, wenn er dich einmal erblickte!« Dann ergriff er ihre Hand und steckte ihr seinen Siegelring an den Finger und sprach: »Erwache, o meine holdselige Freundin, nimm meinen Thron und meine Hand und verlasse mich nie wieder!« Da erwachte das Myrtenfräulein, und als es das Licht erblickte, errötete es über und über und blies die Lampe aus. Dann klagte sie, daß er sie gefangen habe, und sagte: »Daraus wird gewiß Unglück kommen.« Aber der Prinz bat sie so sehr um Vergebung, bis sie ihm verzieh und versprach, die Fürstin seines Landes zu werden, wenn ihre Eltern es erlaubten; er sollte nur alle Anstalten zur Hochzeit machen und dann ihre Eltern fragen, bis dahin sollte er sie aber nicht wiedersehen. Der Prinz willigte in alles ein und fragte sie, wie er sie rufen solle, wenn er alle Anstalten getroffen habe, und sie sagte: »Befestige eine kleine Silberglocke an die Spitze meines Bäumchens, und sobald du klingelst, werde ich dir erscheinen.« Nun zerriß sie das Netz, der Baum rauschte, und fort war das Myrtenfräulein.

Der Tag war kaum angebrochen, als der Prinz auch schon alle seine Minister und Räte zusammenberief und ihnen bekanntmachte, daß er sich nächstens zu vermählen gedenke und daß sie alle Anstalten zu dem prächtigsten Hochzeitsfeste treffen sollten, das jemals im Lande gewesen. Die Räte waren sehr erfreut darüber und fragten ihn untertänigst um den Namen der Braut, damit sie ihren Namenszug bei der Illumination anbringen könnten. Da sagte der Prinz: »Der erste Buchstab ihres Namens ist M, und es sollen beim Feste überall Myrtenzweige hingemalt werden, wo es sich schickt.« Da wollten die Herren ihn schon verlassen, als plötzlich eine Botschaft kam, daß ein wildes Schwein in dem fürstlichen Tiergarten toll geworden wäre und in dem darin befindlichen gläsernen Lusthause alles chinesische Porzellan zertrümmert habe; es sei äußerst nötig, es sogleich zu erlegen, damit es nicht andere Schweine beiße und auch toll mache, welche dann leicht die ganze Stadt Porzellania über den Haufen werfen könnten. Da durfte der Prinz nicht länger zaudern; er befahl seinen Räten, einstweilen die Hochzeit zuzubereiten, und zog mit seinen Jägern hinaus auf die Jagd.

Als der Prinz aus dem Schloß ritt, lagen die neun bösen Fräulein, welche sich nicht mit gefreut hatten, als die Myrte so feierlich in die Stadt gebracht wurde, sehr schön geputzt am Fenster, in der Hoffnung, der Prinz werde sie bemerken und grüßen; aber vergebens, wenn sie sich gleich so weit herauslegten, daß sie leicht hätten auf die Straße fallen können: der Prinz tat nicht, als wenn er sie bemerkte. Hierüber aufgebracht, kamen sie zusammen und faßten den Entschluß, sich zu rächen. Die Geschichte mit dem toll gewordenen wilden Schwein war auch nur von ihnen ausgesprengt, damit der Prinz, der sich gar nicht mehr sehen ließ, über die Straße reiten sollte. Sie hatten das chinesische Porzellan in dem Lusthaus durch ihre Diener zerschlagen lassen. Als sie eben versammelt waren, trat der Vater der Ältesten, der einer der Minister war, herein und machte den Damen bekannt, sie möchten sich zum Hochzeitsfest des Prinzen vorbereiten; der Prinz werde eine Prinzessin M. heiraten, auch sei von vielen Myrtenverzierungen bei der Illumination die Rede. Kaum waren sie wieder allein, als sie ihrem ganzen Zorn den Lauf ließen; denn sie hatten sich alle neun eingebildet, den porzellanenen Thron zu besteigen. Sie ließen sich einen Maurer kommen, der mußte ihnen einen unterirdischen Gang bis in die Stube des Prinzen machen; denn sie wollten sehen, wen er dort versperrt habe. Als der Gang fertig war, beredeten sie noch ein zehntes junges Fräulein, der sie jedoch ihr Vorhaben verschwiegen, mitzugehen, welches es auch tat, doch nur aus Neugier und nicht aus bösem Willen; sie nahmen sie aber nur mit, um sie dort zurückzulassen, als habe sie alles getan. Hierauf begaben sie sich in einer Nacht, mit Laternen versehen, durch den Gang in die Stube des Prinzen und suchten alles durch, sehr verwundert, nichts Besonderes darin zu finden außer der Myrte. An dieser ließen sie nun allen ihren Grimm aus, rissen ihr Zweige und Blätter ab, und als sie auch den Wipfel herunterrissen, klingelte das Glöckchen, und das Myrtenfräulein, welches glaubte, es sei dies das Zeichen zu ihrer Hochzeit, trat plötzlich in dem schönsten Brautkleide aus der Myrte. Anfangs verwunderten sich die bösen Geschöpfe, aber bald waren sie einig, dieses müßte die künftige Fürstin sein, und somit fielen sie über sie her und ermordeten sie auf die unbarmherzigste Weise, indem sie das arme Myrtenfräulein mit ihren Messern in viele kleine Stücke zerhackten; jede nahm sich einen Finger von dem armen Myrtenfräulein mit; nur das zehnte Fräulein hatte nicht mitgeholfen und nur immer gejammert und geweint, wofür sie sie dann einsperrten und nun auf demselben Wege entwichen.

Als der Kammerherr des Prinzen, welchem dieser bei Lebensstrafe befohlen hatte, die Myrte täglich zu begießen und täglich die Stube aufzuräumen, als wenn der Prinz da wäre, zu seiner Verrichtung hereintrat, war sein Entsetzen unbeschreiblich, da er das zerfleischte Myrtenfräulein in dem Blute an der Erde herumliegen und den Myrtenbaum zerknickt und entblättert sah. Er wußte nicht, was dies sein konnte, denn er wußte von dem Myrtenfräulein nichts; da erzählte ihm das junge Fräulein, welches weinend in einer Ecke saß, alles. Sie nahmen unter bittern Tränen alle Glieder und Knochen der Unglücklichen zusammen und begruben sie unter den zerstörten Myrtenbaum in das Gefäß, so daß alles einen kleinen Grabhügel bildete; sodann wuschen sie den Boden so rein sie konnten und begossen den Baum mit dem blutvermischten Wasser, räumten die Stube auf, schlossen sie zu und flohen in großer Angst miteinander; doch nahm das Fräulein eine Locke der unglücklichen Gemordeten zum Andenken mit.

Unterdessen waren die Vorbereitungen zu der Hochzeit beinahe fertig, und der Prinz, der das wilde Schwein vergebens aufgesucht hatte, kehrte nach der Stadt zurück. Sein erster Gang war zu dem guten Töpfer und seiner Frau, welchen er seine Geschichte mit dem Myrtenfräulein erzählte und sie um die Hand ihrer Tochter bat. Die guten Leute waren vor Entzücken fast außer sich, als sie vernahmen, daß in ihrem Myrtenbaum ihnen eine Tochter erwachsen sei, und wußten nun, warum sie denselben so ungemein liebgehabt hatten. Freudig willigten sie in die Bitte des Prinzen ein und begleiteten ihn in das Schloß, um ihre wunderbare Tochter zu sehen. Als sie nun zusammen in das Zimmer traten, wo die Myrte stand, sahen ihre Augen ein trauriges Schauspiel: – am Boden noch viele blutige Spuren, und der geliebte Baum entblättert und verletzt, neben ihm aber ein Grabhügel. Der Prinz rief, der Töpfer rief, die Töpferin rief: »O meine geliebte Braut! O mein teures Kind! Mein einziges liebes

Töchterchen! O wo bist du, laß dich sehen vor deinen unglücklichen Eltern!« Aber nichts rührte sich, und ihre Verzweiflung war unbegrenzt. Die drei armen Unglücklichen saßen nun ganze Tage und begossen den Myrtenbaum mit ihren Tränen, und das ganze Land ward bestürzt und traurig.

Unter solchen Schmerzen pflegten und warteten der Prinz und der Töpfer nebst seiner Frau den kranken Myrtenbaum aufs zärtlichste, und er begann wieder Zweige zu treiben, worüber sie sehr erfreut wurden, und er war schon wieder ganz hergestellt, nur fehlten ihm an dem Wipfel einige Blätter und an einem seiner beiden Hauptäste die äußersten fünf Sprossen und an dem andern vier, neben welchen der fünfte zu keimen anfing. Diesen fünften Sproß beobachtete der Prinz alle Tage, und wie entzückt war er nicht, als er eines Morgens diesen Sproß ganz erwachsen und den Ring, den er dem Myrtenfräulein gegeben, an demselben wie an einem Finger befestigt sah. Sein Entzücken war unbeschreiblich; denn er glaubte nun, das Myrtenfräulein müsse noch leben. In der nächsten Nacht saß er mit dem Töpfer und der Töpferin bei dem Baum, und sie flehten die Myrte so zärtlich um ein Lebenszeichen an, daß der Baum endlich zu säuseln begann und folgende Worte sang:

»Habt Erbarmen,
An zwei Armen
Fehlen mir neun Fingerlein!
Lieber Prinz, in deinem Reiche
Wachsen jetzt neun Myrtenzweige,
Und sie sind mein Fleisch und Bein.
Habt Erbarmen,
Schafft mir Armen
Wieder die neun Fingerlein!«

Der Prinz und die Eltern waren durch dies traurige Lied sehr gerührt, und der Prinz ließ den andern Tag im ganzen Lande bekanntmachen, wer ihm die schönsten Myrtenzweige bringe, den wolle er mit seiner königlichen Hand belohnen. Dieses kam auch zu den Ohren der Mordfräulein, welche die arme Myrte so schrecklich gemartert hatten, und sie waren sehr froh darüber; denn sie hatten die neun Finger des Myrtenfräuleins, jede den ihren, in einen Topf mit Erde vergraben, und es waren kleine Myrtensprosse daraus gewachsen. Sie putzten sich gleich schön an und kamen eine nach der andern mit ihren Myrtenzweigen ins Schloß, denn sie glaubten, die Worte des Prinzen wollten soviel sagen, als wolle er die Überbringerin der schönsten Myrte heiraten. Der Prinz ließ ihnen die Myrtenzweige abnehmen und versprach ihnen seinerzeit Antwort sagen zu lassen; sie möchten sich nur zum Feste vorbereiten. Als er nun alle die neun Zweige neben den großen Baum gestellt hatte, sprach die Stimme aus dem Baum:

»Willkomm, willkomm, neun Zweigelein!
Willkomm, willkomm, neun Fingerlein!
Willkomm, willkomm, mein Fleisch und Bein!
Willkomm, willkomm, zum Topf herein!«

Da begrub der Prinz die neun Zweige und die neun Finger unter die Myrte, welche noch denselben Tag die neun fehlenden Sprossen trieb. Nun aber kam noch das jüngste Fräulein, welches nur die Haarlocke genommen und ihr den Ringfinger gelassen hatte, und warf sich dem Prinzen zu Füßen und sagte: »Herr, ich habe keine Myrte und habe auch keine haben wollen; aber diese Locke gebe ich in deine Hand und bitte dich um eine Gnade.« Der Prinz versprach sie ihr, und sie erzählte ihm, wie die ganze Mordtat geschehen sei, und bat ihn, er möge seinem entflohenen Kammerherrn verzeihen und sie mit demselben vermählen. Da gab ihr der Prinz einen Gnadenbrief für denselben, und sie lief zu ihm in den Wald, wo er sich in einen hohlen Baum versteckt hatte, in den sie ihm täglich zu essen gebracht. Der Kammerherr erfreute sich sehr über sein Glück und kam mit ihr wieder in die Stadt. Als aber der Prinz die Haarlocke auch vergraben hatte, sprach die Myrte:

»Nun bin ich ganz
Im alten Glanz,
Bring mir den Kranz
Und führe mich zum Hochzeitstanz!«

Da ließ der Prinz ein großes Fest vor allem Volke im Schloßgarten ansagen; da alles versammelt war, ward die Myrte unter einen Thronhimmel gestellt, und der schönste Blumenkranz, mit Gold durchwunden, ward ihr von dem Töpfer und der Töpferin aufgesetzt, und als dies kaum geschehen war, trat das Myrtenfräulein, wie die schönste Braut geschmückt, aus dem Baum hervor und ward von ihren Eltern, welche sie noch nie gesehen hatten, unter Freudentränen und dann von dem glücklichen Prinzen als seine Braut herzlich umarmt. Da standen die neun Mordfräulein wie auf heißen Kohlen; der Prinz aber sprach: »Was verdient der, welcher diesem Myrtenfräulein etwas zuleide tut?« Und einer sagte da nach dem andern irgendeine harte Strafe her, und als die Frage an die neun Fräulein kam, sagten sie alle zusammen: »Daß ihn die Erde verschlinge und seine Hand aus der Erde wachse.« Und kaum hatten sie es gesagt, als die Erde sie auch verschlang und über ihnen Fünffingerkraut hervorwuchs. Nun wurde die Hochzeit gehalten, und der Kammerherr hielt mit dem jüngsten Fräulein auch Hochzeit. Es schenkte dem Prinzen der Himmel auch bald ein kleines Myrtenprinzchen, das ward in der schönen Wiege des alten Töpfers gewiegt, und das ganze Land war froh und glücklich.

Der Myrtenbaum aber ward bald so stark und groß, daß man ihn ins freie Feld setzen mußte. Da begehrte die Prinzessin Myrte, daß er neben die ehemalige Hütte ihrer Eltern gesetzt werde; das geschah auch, und die Hütte ward zu einem schönen Landhaus verändert, und endlich ward aus dem Myrtenbaum ein Myrtenwald, und die Enkel des Töpfers und seiner Frau spielten darin, und die beiden guten Leute wurden dort, wie sie gewünscht hatten, unter dem Myrtenbaum begraben. Der Prinz und das Myrtenfräulein ruhen wohl auch schon dort, wenn sie nicht mehr leben sollten, woran ich fast zweifle; denn es ist schon sehr lange her.

Das Märchen von Rosenblättchen

Der Herzog von Rosmital hatte eine sehr schöne Schwester, die er über alles liebte und der er alles zu Gefallen tat. Sie hatte eine außerordentliche Liebe zu Blumen, besonders zu Rosen, und ihr Bruder verwandelte deswegen beinahe sein ganzes Land in einen einzigen Rosengarten; außerdem hatte sie noch eine andere Leidenschaft, und das war, ihre schönen Haare immer zu flechten und zu kämmen, und sie hatte zu diesem Zweck eine Menge Kammerfräulein, welche eigentlich Kammfräulein hießen und goldene Kämme anhängen hatten. Ihre ganze Beschäftigung war, sich kämmen zu lassen und dann mit den Kammfräulein im Garten herumzuspringen, bis ihre Haare wieder in Unordnung waren und sie sich von neuem kämmen ließ.

Als sie einst morgens unter den Händen ihrer sechs Kammfräulein im Garten saß, welche ihr sechs Zöpfe flochten, trat ihr Bruder, der Herzog von Rosmital, vor sie und führte ihr an der Hand den Prinzen Immerundewig zu und redete sie also an: »Liebe Schwester, ich habe dir schon oft von meinem vertrautesten Freund, dem Prinzen Immerundewig, erzählt, und du weißt, daß ich von jeher wünschte, du möchtest dich mit ihm vermählen, damit er immer und ewig bei mir bliebe; hier stelle ich ihn dir vor und bitte dich, ihm dein Herz zu schenken.«

In diesem Augenblick raufte eines der Kammfräulein die Prinzessin Rosalina, worüber sie sehr ungeduldig wurde und gegen sie ausrief: »Du raufst mich immer und ewig!« Das Kammfräulein entschuldigte sich fein, indem es sagte: »Ja, Prinzessin, der Prinz Immerundewig raufte Euch, denn sein Auftreten hat mich zerstreut.« Der Prinz begann sich schon zu entschuldigen, als wieder eine andere sie raufte, so daß Rosalina ganz aus der Fassung kam und dem armen Immerundewig sagte: »Mein verehrter Prinz und mein geliebter Bruder, ich erkläre, daß ich mich ebensowenig als ein Rosenstock mit einem Kürbis mit dem Prinzen Immerundewig vermählen werde!« Und nach diesen Worten lief sie weg und die zopfflechtenden Kammfräulein ihr nach.

Der Herzog konnte seinem Freunde keinen Trost geben; »denn«, sagte er, »ihre Worte sind unverbrüchlich.«

»Sind sie das«, sagte Immerundewig, »so will ich mein Heil versuchen«, umarmte dann den Herzog und reiste ab zu seiner Muhme, der Frau Nimmermehr, welche eine große Zauberkünstlerin war, und er holte sich Rats bei ihr.

Mehrere Wochen nachher spazierte einst Rosalina im Garten umher; da sah sie eine alte Frau, die einen Rosenstock nach dem andern betrachtete und bei jedem den Kopf schüttelte. Rosalina ging zu ihr und fragte sie, warum sie immer den Kopf schüttelte.

»Weil bei allen den Rosen doch die schönste fehlt«, sagte die Alte, »nämlich die immer und ewig blühende Monatrose.«

»Wer hat sie?« fragte Rosalina, »ich muß sie haben um jeden Preis.«

»Nun, nun«, sagte die Alte, »um ein gutes Wort steht sie Euch zu Diensten«, und zog den Deckel von ihrem Handkorb und zeigte der Prinzessin einen Kürbis, in welchen sie das blühende Rosenreischen gesteckt hatte, damit es frisch bleiben möge.

Rosalina war in der größten Freude über das Rosenstöckchen, und als sie die Alte fragte, was sie dafür verlange, sagte diese: »Zwei Dinge: erstens, daß du mein Gast seist bei meinem Mittagbrot, und zweitens, daß du alle Monate, sooft dir das Rosenstöckchen eine Rose bringt, mit deinen Kammfräulein ein Fest begehst, wobei ihr alle über das Rosenstöckchen wegspringt, ohne daß ihr ein Rosenblättchen mit euern Kleidern abstreift, damit keines an die Erde fällt; und bei welcher eines an die Erde fällt, die muß ein paar tüchtige Hiebe mit Rosenzweigen auf die Hände bekommen, welche ihnen der Rosenstock schon geben wird, so sie zu ihm sprechen:

Röslein, Röslein,
Triff mich fein,
Triff mich mit der Rut,
Weil ich sprang nicht gut!
Triff mich mit der Rute recht,
Röslein, weil ich sprang so schlecht!«

Die Prinzessin lachte hierüber und willigte in alles ein. Da nahm die Alte einen hölzernen Löffel aus der Tasche, trennte den Kürbis damit in zwei Teile und nahm einen Löffel voll von seinen Kernen, den sie der Prinzessin zum Essen vorhielt. Diese machte anfangs einen schiefen Mund; als sie es aber einmal versucht hatte, schmeckte es ihr vortrefflich, und sie aß ziemlich viel von den Kernen. Hierauf pflanzte die Alte den Rosenstock unter ihr Fenster, und weil er bereits ein volles Röschen trug, sagte sie: »Prinzessin Rosalina, rufet Eure Kammfräulein und beginnet das erste Fest vom Rosensprung!«

Da ging Rosalina und erzählte alles ihrem Bruder, dem Herzog; der bestellte Pauker und Trompeter und richtete das ganze Fest zu. Als Rosalina und ihre Kammfräulein erschienen waren, losten sie, wer zuerst springen sollte, und es traf sich, daß Rosalina die allerletzte war. Manches Fräulein sprang glücklich hinüber, aber alle jene, welche die Prinzessin gerauft hatten, da der Prinz Immerundewig um ihre Hand bat, streiften mit ihren langen Schleppen ein paar Blätter von der Rose ab und mußten ihre Hände mit den Worten:

»Röslein, Röslein,
Triff mich fein,
Triff mich mit der Rut,
Weil ich sprang nicht gut!
Triff mich mit der Rute recht,
Röslein, weil ich sprang so schlecht.«

dem Rosenstock darbieten, welcher ihnen zur Bewunderung aller Anwesenden mit seinen Zweigen ein paar so tüchtige Hiebe über die Finger gab, daß ihnen das Wasser in die Augen kam.

Als nun die Reihe zum Sprung an Rosalinen kam, nahm sie einen tüchtigen Anlauf und wäre auch glücklich hinübergekommen, wenn sich ihr im Sprunge nicht die Haarflechten aufgelöst hätten, die ein Blättchen von der Rose abschlugen, welches sie aber im Sprung, ehe es zur Erde fiel, erhaschte und verschluckte, so daß ihr von der ganzen Gesellschaft Beifall zugeklatscht wurde.

Hierauf ward noch lustig geschmaust und getanzt, und als gegen das Ende der Tafel allerlei Gesundheiten getrunken wurden, hob die alte Frau ihr Glas in die Höhe und sprach zu Rosalinen:

»Weil Kürbiskern und Rosenblatt
Dein roter Mund gegessen hat,
Weil Ros' und Kürbis sich verband,
Verlierst du deine stolze Hand
An meinen Freund, den Immerundewig.
Leb wohl! Im Abendschimmer entschweb ich.«

So sprach sie, und vor den Augen aller verschwand sie plötzlich. Rosalina aber, auf welche alle Augen gerichtet, tat einen lauten Schrei und fiel in Ohnmacht. Man brachte sie nach ihrer Stube, und sie bedachte mit vieler Angst, daß sie dem Prinzen gesagt, sie wolle ihn nehmen,

wenn Rose und Kürbis sich vermählten. In der Nacht hatte sie sehr wunderbare Träume; es war ihr immer, als wüchsen ihr Rosen aus dem Munde, und sie hatte Magenweh. Diese Träume hatte sie oft, und immer ängstlicher.

Als der kleine Monatsrosenstock wieder eine Rose brachte und sie wieder hinübersprang, war sie ganz melancholisch und krank; Essen und Trinken schmeckten ihr nicht mehr.

Bei dem dritten Rosenfest hatte sie geträumt, sie würde ein Kürbis, und ihr Bruder mußte ihr das mit vieler Mühe ausreden. Aber gegen das vierte Rosenfest setzte sie sich den Gedanken noch viel fester in den Kopf, daß sie ein Kürbis sei, und wollte deswegen auf keine Weise mehr über den Rosenstock springen. Bei dem fünften Rosenfest war sie nicht mehr aus der Stube zu bringen und weinte den ganzen Tag darüber, daß sie ein Kürbis geworden sei.

Der Herzog war sehr betrübt über ihre Einbildung und versammelte alle Ärzte um sie, aber es war ihr nicht mehr auszureden. Das sechste Rosenfest kam; da war der Rosenstock schon so groß geworden, daß an kein Springen mehr zu denken war, und besonders, weil sie den ganzen Tag trauerte, daß sie ein Kürbis sei. Am siebenten Rosenfest guckte der Rosenstock ihr ins Fenster, am achten wuchsen seine Zweige schon um ihr Bett, und am neunten breitete er eine ganze Rosenlaube über sie.

Da träumte sie so lebendig, sie sei ein Kürbis und müsse sterben, daß sie ihren Bruder zu sich rufen ließ, der mit Licht hereintrat. Aber wie groß war ihr Erstaunen, als sie morgens neben ihrem Lager einen halben großen goldenen Kürbis stehen sah, in welchem, wie in einer Wiege, ein schönes kleines Mägdlein schlummerte. Da war die Prinzessin sehr gerührt und sagte: »Ach, wenn der gute Prinz Immerundewig da wäre, ich wollte gern seine Gemahlin werden!« Da rauschten die Rosen um sie, und sie hörte eine Stimme:

»Als Rose starb ich, als Rose leb ich,
Rose bin ich nun Immerundewig.«

Da ward die Prinzessin sehr betrübt, denn sie hörte wohl, daß der gute Prinz ihr zulieb ein Rosenstock geworden war, und sie gab dem Mägdlein den Namen Rosenblättchen und trug es mit seinem Bettchen in ihre geheimste Kammer, wo sie es erziehen wollte; denn sie hatte es so lieb, daß sie keinem Menschen es zu sehen gönnte.

Rosalina, welche bald wieder ganz lustig geworden war, saß am folgenden Tage im Bett und ließ sich von ihren Kammerfräulein ihre Haare, die sie sonst in einen Kranz geflochten getragen hatte, auf eine andere Weise flechten; denn sie wollte nun eine goldene Haube aufsetzen. Sie hatte kaum begonnen, als es an ihrer Türe pochte und man ihr sagte, die Alte, welche den Kürbis und den Rosenstock gebracht, sei drauß und wolle das Rosenblättchen sehen. Sie ließ ihr aber sagen, sie solle warten, bis sie gekämmt sei. Nach einer Viertelstunde pochte die Alte wieder und erhielt dieselbe Antwort, und das noch fünfmal. Da ward die Alte bei dem siebenten Mal sehr zornig und rief ihr durch das Schlüsselloch hinein:

»Sieben Viertelstund' hab ich geharrt,
Sieben Viertelstund' ward ich genarrt;
So kämme denn noch sieben Jahr,
Dann bringt dein Kamm dich in Gefahr,
Du kämmst dich dann in große Not
Und kämmst das Rosenblättchen tot.«

So sagte die Alte im Zorn und verschwand. Rosalina achtete wenig hierauf und dachte an nichts als an ihr Rosenblättchen, welches täglich größer und freundlicher ward und wie seine Mutter besonders schöne lange Haare hatte; und diese zu kämmen war Rosalinens höchste Lust, wenn sie sich allein mit dem Rosenblättchen eingesperrt hatte.

Nun war das Kind beinahe schon sieben Jahre alt geworden, und die Zeit nahte sich, wo der Unglückswunsch des alten Zauberweibes:

Du kämmst dich dann in große Not
Und kämmst das Rosenblättchen tot

wahr werden sollte; aber Rosalina dachte nicht daran und kämmte das Rosenblättchen nach wie vor.

Als sie nun einstens das Mägdlein zwischen ihren Knien hatte und ihm den spitzigen goldnen Kamm durch die langen goldnen Locken zog, fühlte sie auf einmal einen großen Neid in sich erwachen, weil das Kind viel schönere Haare hatte als sie, und sagte ungeduldig:

»Ach, hättest du einen kahlen Kopf,
Und ich hätte all deine Haare im Zopf!«

Kaum aber hatte sie dieses gesagt, als sie vom Himmel gestraft wurde; denn eine unsichtbare Schere kam über sie her, und – ritsch, ritsch – schnitt sie ihr alle Haare vom Kopf herab, worüber sie so zusammenfuhr, daß sie mit der Hand zuckte und dem armen Rosenblättchen den spitzen Kamm so tief in das Häuptlein stieß, daß es mit einem Schrei tot zu ihren Füßen sank. – Da fiel der unglücklichen Rosalina der Zauberfluch der alten Frau ein; aber es war zu spät. Ihr geliebtes Rosenblättchen lag tot an der Erde, und ihre schönen langen Haare, die sie so lange und mit so vieler Eitelkeit hatte kämmen lassen, lagen abgeschnitten umher, und sie rang ihre Hände verzweiflungsvoll über ihrem kahlen Kopf.

Nachdem sie lange geweint hatte, stopfte sie ein Bettchen mit ihren langen Haaren und ein Kopfkissen mit Rosenblättern und legte das tote Rosenblättchen darauf mit gefalteten Händen in einen Kasten von Kristallglas und ließ noch sechs andere Kasten von Kristall darüber machen und verschloß sie in der Kammer, wovon niemand etwas wußte als eine vertraute Dienerin.

So lebte sie noch einige Jahre in beständiger Trauer. Der Rosenstock verdorrte auch in der Stube, und als sie fühlte, daß die Stunde ihres Todes herannahte, ließ sie ihren Bruder, den Herzog von Rosmital, zu sich kommen und sagte: »Geliebter Bruder, das Ziel meines Lebens ist gekommen; ich wollte, ich wäre nicht so eigensinnig und eitel gewesen; aber jetzt ist es zu spät; ich bitte Gott, er möge sich meiner erbarmen. Alles, was ich besessen habe, gehört nun dein; aber eines schwöre mir zu, damit ich ruhig sterben kann!«

Der Herzog schwur ihr unter Tränen, alles zu tun, was sie verlange; denn er liebte sie über alles.

Nun gab sie ihm einen Schlüssel und sagte: »Dieses ist der Schlüssel zu der letzten Kammer meiner Wohnung; bewahre ihn getreu und öffne diese Kammer niemals!«

Der Bruder beteuerte nochmals, sein Versprechen zu halten, und da sagte Rosalina: »Lebe wohl und bete für mich!« Dann wendete sie sich um und war tot; worauf sie der Herzog mit großem Gepränge bei dem Monatsrosenstock begraben ließ.

Einige Monate nachher vermählte sich der Herzog mit einer schönen, aber nicht gutmütigen Dame, und als er einstens eine kleine Reise machen mußte, bat er seine Gemahlin, das Haus wohl in Ordnung zu halten und um alles in der Welt die letzte Kammer, deren Schlüssel er in seinem Schreibtische verwahrt habe, nicht zu öffnen.

Sie versprach alles; aber kaum hatte er den Rücken gewendet, als sie, von der Neugierde getrieben, den Schlüssel nahm und sich die verbotene Kammer öffnete. Wie groß war aber ihr Zorn, da sie durch die gläsernen Kasten Rosenblättchen auf der Matratze liegen sah, die, seit sie hier von ihrer Mutter als tot war eingeschlossen worden, mitsamt den gläsernen Kasten gewachsen war und wie ein schönes schlummerndes Fräulein von vierzehn Jahren aussah; denn das alte Zauberweib hatte sie die langen Jahre hindurch im Schlafe lebend erhalten.

Die böse Herzogin riß die Kasten zornig auf und sprach: »Haha! drum soll ich nicht in die Kammer, damit die Jungfer ruhig schlafen kann! Aber wart, ich will das Murmeltierchen wecken.« Und nun riß sie Rosenblättchen bei den Haaren auf, so daß der Kamm, welcher noch von damals ihr im Kopf stak, herabfiel und das arme Mägdlein aus ihrem Zauberschlaf erwachte mit dem Geschrei: »Ach Mutter, liebe Mutter, wie hast du mir weh getan!«

»Ich will dich muttern und vatern«, sagte die Herzogin, »daß du dein Lebtag dran denken sollst!« und riß das zitternde und weinende Rosenblättchen aus dem Kristallkasten und schlug und mißhandelte sie auf alle Weise, mit der Drohung, wenn sie ein Wort gegen irgendeinen

Menschen rede, was ihr hier geschehen sei, solle sie ins Wasser geworfen werden. Dann schnitt sie ihr die schönen langen Haare ab, machte ihr ein kurzes Kleid von Sackleinwand, ließ sie Holz und Wasser tragen, Öfen heizen und Stuben scheuern und gab ihr täglich so viele Nasenstüber, Kopfnüsse, Ohrfeigen und Maulschellen, daß das arme Rosenblättchen so braun und blau im Gesicht aussah, als ob sie Heidelbeeren gegessen hätte.

Als der Herzog von Rosmital zurückkam und die Herzogin fragte, wer das arme Mädchen sei, das er täglich so gewaltig von ihr mißhandelt sehe, sagte sie: »Es ist eine Sklavin, welche mir meine Muhme zugesendet; aber sie ist so boshaft und so dumm und faul, daß ich sie unaufhörlich strafen muß.«

Nach einiger Zeit reiste der Herzog auf einen großen Jahrmarkt und ließ nach seiner Gewohnheit alles, was im Schlosse lebte, bis auf die Katzen und Hunde vor sich rufen, um jeden zu fragen, was er ihm vom Jahrmarkte zum Geschenke mitbringen sollte, da denn der eine dieses, der andere jenes begehrte. Als endlich auch das arme Rosenblättchen in seinem groben Sklavenkittel hervortrat und der Herzog sie eben anreden wollte, unterbrach ihn seine böse Gemahlin mit den Worten: »Muß der Schmutzkittel auch überall dabeisein? Sollen wir alle mit der faulen groben Sklavin über einen Kamm geschoren werden? Fort mit dem widerwärtigen Tölpel! Ich weiß nicht, wie du ein so niedriges Wesen solcher Auszeichnung würdigen magst!«

Da liefen dem armen Rosenblättchen vor Kummer die Tränen über die Wangen herab, und der Herzog, der sehr gütig und mitleidig war, sagte gerührt zu ihr: »Weine nicht, du armes Kind, sondern sage mir von Herzen, was ich dir mitbringen soll; denn niemand soll mich hindern, dir eine Freude zu machen!« Da sagte Rosenblättchen: »Herzog, bringe mir eine Puppe mit und ein Messerchen und einen Schleifstein, und so du dieses vergißt, so wünsche ich, daß du nicht über den ersten Fluß, der dir in den Weg kömmt, herübergelangen könnest.«

Der Herzog reiste nun nach dem Jahrmarkt und kaufte alles ein, nur die Puppe, das Messerchen und den Schleifstein für Rosenblättchen vergaß er.

Da er nun auf der Rückreise an einen Fluß kam, entstand ein solcher Sturm in den Wellen, daß kein Schiffer es wagte, ihn überzufahren; da fiel ihm die Verwünschung Rosenblättchens ein. Er kehrte daher gleich zurück und kaufte alles, was sie bestellt hatte, und gelangte dann glücklich nach seinem Schloß, wo er alle Geschenke richtig austeilte.

Da Rosenblättchen ihre Geschenke erhalten hatte, trug sie alles in die Küche, stellte die Puppe auf den Herd, setzte sich vor sie hin und weinte bitterlich und begann ihr, gerade als ob sie eine lebendige Person wäre, alle ihre Leiden und Qualen, die sie von der Herzogin erdulden mußte, nach der Reihe vorzuerzählen und sagte immer dazwischen: »Nicht wahr? Verstehst du? Hörst du? Gelt, das ist betrübt! Nun, was sagst du dazu?« Als aber die Puppe nicht antworten wollte, nahm Rosenblättchen ihr Messerchen und wetzte es auf ihrem Schleifstein und sagte: »Puppe, wenn du mir nicht antworten willst, so steche ich mir das Messerchen ins Herz, denn ich habe keinen Freund auf Erden als dich.«

Da schwoll die Puppe nach und nach an wie ein Dudelsack, wenn man ihn aufbläst, und schnurrte endlich:

»Versteh dich schon,
Versteh dich schon,
Versteh, versteh, versteh dich schon,
Viel besser als ein Tauber.«

Da nun diese Musik der Puppe und das Klagen Rosenblättchens vor ihr mehrere Tage hintereinander von dem

Herzog gehört wurden, der eine Stube dicht neben der Küche hatte, machte er sich ein Loch in die Türe, wo er sehen und hören konnte, wie Rosenblättchen weinend vor der Puppe saß und ihr erzählte: vom Prinzen Immerundewig, von den Kürbiskernen, vom Rosensprung, vom Rosenblatt, von dem Goldkürbis, worin sie gelegen, vom Kämmen der Mutter, von der Verwünschung des Zauberweibs, vom Einstoßen des Kamms in den Kopf, von ihrem Zauberschlaf, vom Liegen in den sieben Glaskasten, vom Schlüsselgeben an den Herzog und dem Verbot, die Kammer nicht zu öffnen, vom Tod der Prinzessin Rosalina, von der Reise des Herzogs, von der Neugierde der Herzogin, von der Öffnung der Kammer, dem Herausreißen des Kamms, dem Haarabschneiden und der argen Mißhandlung, die sie stündlich ertragen müsse. Dann sagte sie wieder: »Antworte, oder ich bringe mich um!« und setzte das Messer an ihr Herz.

Aber der Herzog sprang zur Türe herein und riß es ihr aus der Hand, umarmte sie zärtlich als seine Schwestertochter und brachte sie aus dem Schlosse zu der Gemahlin seines Ministers, wo sie herrlich gekleidet und gepflegt ward.

Da sie sich nach einigen Monaten wieder recht erholt hatte von den Qualen und schweren Arbeiten, welche ihr die böse Herzogin auferlegt hatte, ließ er eine prächtige Mahlzeit in seinem Schlosse anstellen, bei welcher er Rosenblättchen, die niemand mehr in ihrem Glanze erkannte, als seine Nichte mit erscheinen ließ. Nach Tisch wurde ein Zuckerhaus aufgetragen, und jedermann hätte gern gewußt, wer drin saß. Da sagte der Herzog zur Herzogin: »Wollt Ihr wohl das Zuckerhaus öffnen?« Und sie tat es; da lag die kleine Puppe drin in sieben Glaskästchen, wie Rosenblättchen gelegen hatte, und die Herzogin erschrak sehr und schlug vor Zorn die Glaskästchen entzwei und riß die Puppe heraus; aber die lief ihr weg und setzte sich auf Rosenblättchens Schulter und blies sich dick, dick auf wie ein Dudelsack und erzählte der Herzogin alle ihre Grausamkeiten ins Gesicht und ward immer größer und größer und stand endlich wieder als das alte Zauberweib auf dem Tisch, welches oft in dieser Geschichte vorkommt, und flog zum Fenster hinaus.

Da ließ der Herzog seine böse Frau in eine Kutsche setzen und sie wieder zu ihren Eltern hinfahren, wo er sie einst hergeholt hatte.

Das Rosenblättchen aber ward die Gemahlin eines vornehmen Prinzen und erhielt das ganze Herzogtum Rosmital zum Brautschatz, und da blühte der Rosenstock Immerundewig wieder auf. Und als Rosenblättchen einstens nachts den süßen Duft roch, trat sie mit ihrem Gemahl an das Fenster und sah ihre Mutter und die Kammfräulein über den Rosenstock springen, und der Prinz Immerundewig war auch dabei. »Ach«, rief sie aus, »liebste Eltern, Gott segne euch!« Da riefen die von unten wieder herauf: »Ach, liebste Kinder, Gott segne euch!« und verschwanden in der Luft.

Da wurde Rosenblättchen sehr still und fromm und ließ sich eine Wiege machen, wie einen goldenen Kürbis, und da bescherte ihr der Himmel einen kleinen Prinzen hinein, und der hat mir alles dieses für einen einzigen Pfefferkuchen erzählt.

Adelbert von Chamisso
‹1781–1838›

Tragische Geschichte

’s war einer, dem’s zu Herzen ging,
Daß ihm der Zopf so hinten hing,
Er wollt es anders haben.

So denkt er denn: Wie fang ich’s an?
Ich dreh mich um, so ist’s getan –
Der Zopf, der hängt ihm hinten.

Da hat er flink sich umgedreht,
Und wie es stund, es annoch steht –
Der Zopf, der hängt ihm hinten.

Da dreht er schnell sich anders rum,
’s wird aber noch nicht besser drum –
Der Zopf, der hängt ihm hinten.

Er dreht sich links, er dreht sich rechts,
Es tut nichts Guts, es tut nichts Schlechts –
Der Zopf, der hängt ihm hinten.

Er dreht sich wie ein Kreisel fort,
Es hilft zu nichts, in einem Wort –
Der Zopf, der hängt ihm hinten.

Und seht, er dreht sich immer noch
Und denkt: Es hilft am Ende doch –
Der Zopf, der hängt ihm hinten.

Familienfest

Der Vater ging auf die Jagd in den Wald;
Ein gutes Wild ersah er sich bald.

Er legte wohl an, er drückte los,
Der Sperling fiel auf das weiche Moos.

Die Brüder luden zu Schlitten den Fang,
Und schleiften ihn heim, und jubelten lang.

Die Töchter schnell das Feuer geschürt,
Sie rupften und sengten ihn, wie sich's gebührt.

Die Mutter briet und schmort' ihn gleich,
Der Braten war köstlich und schmackhaft und weich.

Geschäftig trugen die Schwestern ihn auf;
Es kamen die fröhlichen Gäste zuhauf.

Sie setzten zu Tisch sich und saßen fest
Und taten sich gütlich beim weidlichen Fest.

Sie schmausten den Sperling in guter Ruh
Und tranken drei Fässer des Bieres dazu.

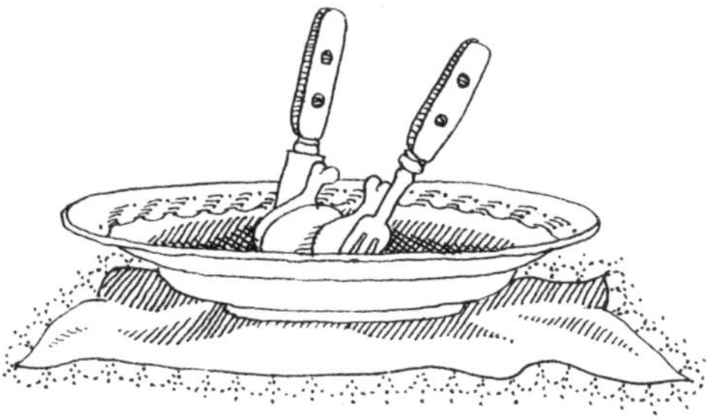

Der rechte Barbier

»Und soll ich nach Philisterart
Mir Kinn und Wange putzen,
So will ich meinen langen Bart
Den letzten Tag noch nutzen.
Ja, ärgerlich, wie ich nun bin,
Vor meinem Groll, vor meinem Kinn
Soll mancher noch erzittern!

Holla! Herr Wirt, mein Pferd! macht fort!
Ihm wird der Hafer frommen.
Habt Ihr Barbierer hier im Ort?
Laßt gleich den rechten kommen.
Waldaus, waldein, verfluchtes Land!
Ich ritt die Kreuz und Quer und fand
Doch nirgends noch den rechten.

Tritt her, Bartputzer, aufgeschaut!
Du sollst den Bart mir kratzen;
Doch kitzlig sehr ist meine Haut,
Ich biete hundert Batzen;
Nur, machst du nicht die Sache gut
Und fließt ein einz'ges Tröpflein Blut –
Fährt dir mein Dolch ins Herze.«

Das spitze, kalte Eisen sah
Man auf dem Tische blitzen,
Und dem verwünschten Ding gar nah
Auf seinem Schemel sitzen
Den grimm'gen, schwarzbehaarten Mann
Im schwarzen kurzen Wams, woran
Noch schwärzre Troddeln hingen.

Dem Meister wird's zu grausig fast,
Er will die Messer wetzen,
Er sieht den Dolch, er sieht den Gast,
Es packt ihn das Entsetzen;
Er zittert wie das Espenlaub,
Er macht sich plötzlich aus dem Staub
Und sendet den Gesellen.

»Einhundert Batzen mein Gebot,
Falls du die Kunst besitzest;
Doch, merk es dir, dich stech ich tot,
So du die Haut mir ritzest.«
Und der Gesell: »Den Teufel auch!
Das ist des Landes nicht der Brauch.«
Er läuft und schickt den Jungen.

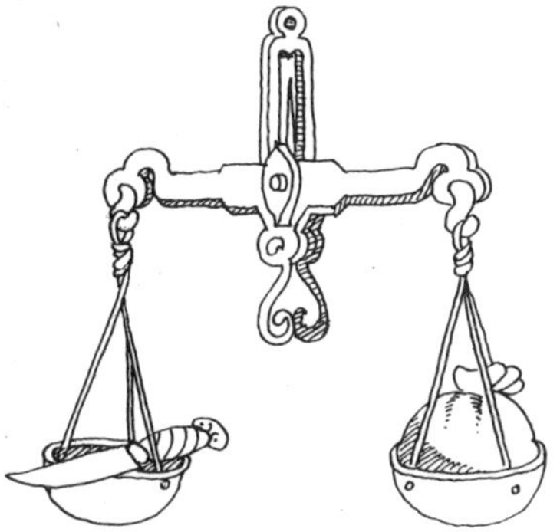

»Bist du der Rechte, kleiner Molch?
Frisch auf! fang an zu schaben;
Hier ist das Geld, hier ist der Dolch,
Das beides ist zu haben!
Und schneidest, ritzest du mich bloß,
So geb ich dir den Gnadenstoß;
Du wärest nicht der erste.«

Der Junge denkt der Batzen, druckst
Nicht lang und ruft verwegen:
»Nur stillgesessen! nicht gemuckst!
Gott geb Euch seinen Segen!«
Er seift ihn ein ganz unverdutzt,
Er wetzt, er stutzt, er kratzt, er putzt:
»Gottlob! nun seid Ihr fertig.« –

»Nimm, kleiner Knirps, dein Geld nur hin;
Du bist ein wahrer Teufel!
Kein andrer mochte den Gewinn,
Du hegtest keinen Zweifel;
Es kam das Zittern dich nicht an,
Und wenn ein Tröpflein Blutes rann,
So stach ich doch dich nieder.« –

»Ei! guter Herr, so stand es nicht,
Ich hielt Euch an der Kehle;
Verzucktet Ihr nur das Gesicht
Und ging der Schnitt mir fehle,
So ließ ich Euch dazu nicht Zeit;
Entschlossen war ich und bereit,
Die Kehl Euch abzuschneiden.« –

»So, so! ein ganz verwünschter Spaß!«
Dem Herrn ward's unbehäglich;
Er wurd auf einmal leichenblaß
Und zitterte nachträglich:
»So, so! das hatt ich nicht bedacht,
Doch hat es Gott noch gut gemacht;
Ich will's mir aber merken.«

Das Riesenspielzeug

Burg Niedeck ist im Elsaß der Sage wohlbekannt,
Die Höhe, wo vorzeiten die Burg der Riesen stand;
Sie selbst ist nun verfallen, die Stätte wüst und leer;
Du fragest nach den Riesen, du findest sie nicht mehr.

Einst kam das Riesenfräulein aus jener Burg hervor,
Erging sich sonder Wartung und spielend vor dem Tor
Und stieg hinab den Abhang bis in das Tal hinein,
Neugierig zu erkunden, wie's unten möchte sein.

Mit wen'gen raschen Schritten durchkreuzte sie den Wald,
Erreichte gegen Haslach das Land der Menschen bald,
Und Städte dort und Dörfer und das bestellte Feld
Erschienen ihren Augen gar eine fremde Welt.

Wie jetzt zu ihren Füßen sie spähend niederschaut,
Bemerkt sie einen Bauer, der seinen Acker baut;
Es kriecht das kleine Wesen einher so sonderbar,
Es glitzert in der Sonne der Pflug so blank und klar.

»Ei, artig Spielding!« ruft sie, »das nehm ich mit nach Haus.«
Sie knieet nieder, spreitet behend ihr Tüchlein aus
Und feget mit den Händen, was da sich alles regt,
Zu Haufen in das Tüchlein, das sie zusammenschlägt;

Und eilt mit freud'gen Sprüngen – man weiß, wie Kinder sind –
Zur Burg hinan und suchet den Vater auf geschwind:
»Ei Vater, lieber Vater, ein Spielding wunderschön!
So Allerliebstes sah ich noch nie auf unsern Höhn.«

Der Alte saß am Tische und trank den kühlen Wein,
Er schaut sie an behaglich, er fragt das Töchterlein:
»Was Zappeliges bringst du in deinem Tuch herbei?
Du hüpfest ja vor Freuden; laß sehen, was es sei!«

Sie spreitet aus das Tüchlein und fängt behutsam an,
Den Bauer aufzustellen, den Pflug und das Gespann;
Wie alles auf dem Tische sie zierlich aufgebaut,
So klatscht sie in die Hände und springt und jubelt laut.

Der Alte wird gar ernsthaft und wiegt sein Haupt und spricht:
»Was hast du angerichtet? Das ist kein Spielzeug nicht!
Wo du es hergenommen, da trag es wieder hin!
Der Bauer ist kein Spielzeug, was kommt dir in den Sinn!

Sollst gleich und ohne Murren erfüllen mein Gebot;
Denn wäre nicht der Bauer, so hättest du kein Brot;
Es sprießt der Stamm der Riesen aus Bauernmark hervor;
Der Bauer ist kein Spielzeug, da sei uns Gott davor!«

Burg Niedeck ist im Elsaß der Sage wohlbekannt,
Die Höhe, wo vorzeiten die Burg der Riesen stand;
Sie selbst ist nun verfallen, die Stätte wüst und leer;
Und fragst du nach den Riesen, du findest sie nicht mehr.

Die Weiber von Winsperg

Der erste Hohenstaufen, der König Konrad, lag
Mit Heeresmacht vor Winsperg seit manchem langen Tag;
Der Welfe war geschlagen, noch wehrte sich das Nest,
Die unverzagten Städter, die hielten es noch fest.

Der Hunger kam, der Hunger! das ist ein scharfer Dorn;
Nun suchten sie die Gnade, nun trafen sie den Zorn.
»Ihr habt mir hier erschlagen gar manchen Degen wert,
Und öffnet ihr die Tore, so trifft euch doch das Schwert.«

Da sind die Weiber kommen: »Und muß es also sein,
Gewährt uns freien Abzug! Wir sind vom Blute rein.«
Da hat sich vor den Armen des Helden Zorn gekühlt,
Da hat ein sanft Erbarmen im Herzen er gefühlt.

»Die Weiber mögen abziehn, und jede habe frei,
Was sie vermag zu tragen und ihr das Liebste sei!
Laßt ziehn mit ihrer Bürde sie ungehindert fort,
Das ist des Königs Meinung, das ist des Königs Wort.«

Und als der frühe Morgen im Osten kaum gegraut,
Da hat ein seltnes Schauspiel vom Lager man geschaut;
Es öffnet leise, leise sich das bedrängte Tor,
Es schwankt ein Zug von Weibern mit schwerem Schritt hervor.

Tief beugt die Last sie nieder, die auf dem Nacken ruht,
Sie tragen ihre Eh'herrn, das ist ihr liebstes Gut.
»Halt an die argen Weiber!« ruft drohend mancher Wicht;–
Der Kanzler spricht bedeutsam: »Das war die Meinung nicht.«

Da hat, wie er's vernommen, der fromme Herr gelacht:
»Und war es nicht die Meinung, sie haben's gut gemacht;
Gesprochen ist gesprochen, das Königswort besteht,
Und zwar von keinem Kanzler zerdeutelt und zerdreht.«

So war das Gold der Krone wohl rein und unentweiht.
Die Sage schallt herüber aus halbvergeßner Zeit.
Im Jahr eilfhundertvierzig, wie ich's verzeichnet fand,
Galt Königswort noch heilig im deutschen Vaterland.

Der Bettler

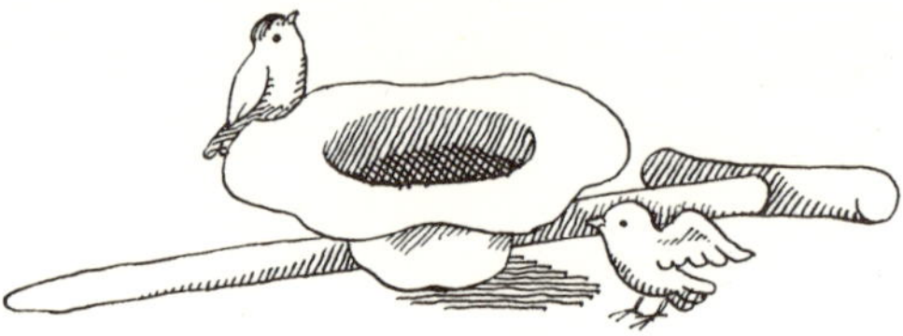

Ich will in dieser Rinne sterben,
Bin alt und siech genug dazu;
Sie mögen mich »betrunken« schelten,
Mir recht! sie lassen mich in Ruh.
Die werfen mir noch ein'ge Groschen,
Die wenden ab ihr Angesicht;
Ja, eilt nur, eilt zu euren Festen,
Zum Sterben brauch ich euch doch nicht.

Vor Alter muß ich also sterben,
Man stirbt vor Hunger nicht zumal;
Ich hofft in meinen alten Tagen
Zuletzt noch auf ein Hospital;
So viel des Elends gibt's im Volke,
Man kommt auch nirgends mehr hinein;
Die Straße war ja meine Wiege,
Sie mag mein Sterbebett auch sein.

Lehrt mich ein Handwerk, gebt mir Arbeit,
Mein Brot verdienen will ich ja; –
Geh betteln! hieß es, Arbeit? Arbeit?
Die ist für alle Welt nicht da.
Arbeite! schrien mich an, die schmausten,
Und warfen mir die Knochen zu;
Ich will den Reichen doch nicht fluchen,
Ich fand in ihren Scheunen Ruh.

Ich hätte freilich stehlen können,
Mir schien zu betteln minder hart;
Ich habe höchstens mir am Wege
Ein paar Kartoffeln ausgescharrt;
Und immer allerorten steckte
Die Polizei mich dennoch ein,
Mir raubend meine einz'ge Habe –
Du Gottes Sonne bist ja mein!

Was kümmern mich Gesetz und Ordnung,
Gewerb und bürgerliches Band?
Was euer König, eure Kammern?
Sagt, hab ich denn ein Vaterland?
Und dennoch, als in euren Mauern
Der Fremde Herr zu sein gemeint,
Der Fremde, der mich reichlich speiste,
Ich Narr, wie hab ich da geweint!

Ihr hättet mich erdrücken sollen,
Wie ich das Licht der Welt erblickt;
Ihr hättet mich erziehen sollen,
Wie sich's für einen Menschen schickt;
Ich wäre nicht der Wurm geworden,
Den ihr euch abzuwehren sucht;
Ich hätt euch brüderlich geholfen,
Und euch im Tode nicht geflucht.

Verratene Liebe

Da nachts wir uns küßten, o Mädchen,
Hat keiner uns zugeschaut;
Die Sterne, die standen am Himmel,
Wir haben den Sternen getraut.

Es ist ein Stern gefallen,
Der hat dem Meer uns verklagt;
Da hat das Meer es dem Ruder,
Das Ruder dem Schiffer gesagt.

Da sang derselbe Schiffer
Es seiner Liebsten vor;
Nun singen's auf Straßen und Märkten
Die Mädchen und Knaben im Chor.

Joseph von Eichendorff
‹1788–1857›

Das Märchen von Kasperl und Annerl

Es waren einmal zwei Kinder, Kasperl und Annerl, die hatten einander sehr lieb. Die saßen einmal vor dem Hause und besahen schöne Bilder in einem großen Bilderbuche, das die Annerl mitgebracht hatte, die Vögel sangen im Walde, und das Abendrot ging über die Berge vor ihnen. Auf dem Bilde war eine sehr schöne Gegend zu sehen, fruchtbare Auen, Flüsse, Dörfer und Schlösser, dahinter ein wunderbar gezacktes Gebirg mit einsamen Kapellen und Wäldern, an deren Saum eine Prozession mit bunten Fahnen dahinzog. Das Abendrot schien über das Bild, und wie sie es so mit rechtem Fleiße betrachteten, da fingen auf einmal die gemalten Bäume an leise zu rauschen, schöne, bunte Vögel flogen über die Landschaft, die Brünnlein glitzerten im Gebirge, die Fahnen wehten, sie hörten die Prozession aus weiter Ferne singen. Und eh sich der Knabe noch besinnen konnte, sah er zu seinem Erstaunen auch das kleine Annchen schon mittendrin, sie winkte ihm fröhlich, er faßte sich endlich ein Herz und sprang ihr nach, so liefen sie beide voller Freuden in das Buch und in die Landschaft hinein. – Als Kasperl einmal zurücksah, war ihr Haus und die Gegend, wo es stand, schon hinter ihnen verschwunden, von der Prozession hörten sie nur noch manchmal den Gesang herübertönen, die Sonne war lange untergegangen, je weiter sie kamen, je einsamer und prächtiger wurde alles. Auf einmal, da sie eben durch einen Felsenbogen traten, erblickten sie ein himmelhohes Gebirge vor sich, daß es ihnen ordentlich den Atem verhielt. Auf dem höchsten Berge stand ein herrliches Schloß, das war von lauter Silber, mit Gold gedeckt, vor dem Schloßtore aber saß eine wunderschöne Frau, die war über einer Harfe einge-

schlummert. Aus ihren langen Locken und Gewändern kam ein prächtiger Mondschein und beleuchtete die Alpen und die wundersamen Klüfte, Wälder und Abgründe ringsumher. Unten, wo die Strahlen nicht mehr hinlangen konnten, sahen sie kleine bucklichte Männchen in der Dämmerung lustig von den Felsenzacken Purzelbäume schießen, von fern klang das Glöcklein eines Einsiedlers, ein Jäger, der sich verirrt hatte, stand auf dem Felsen gegenüber und gab zuweilen mit seinem Waldhorne Antwort. Oben aber am Schlosse weideten weiße Schäfchen auf den Abhängen, hoch vom Turme der Burg bliesen Engel auf silbernen Zinken wunderschön über die stillen Gründe.

⟨...⟩

»Das ist die Göttin Luna«, sagte nun Annerl, auf die Frau vom Schlosse weisend.

»Kennst du sie denn?« fragte Kasperl verwundert.

Sie lachte: »Du bist doch noch sehr dumm für dein Alter, bleib jetzt nur dicht bei mir, sonst verirrst du dich hier.« Kasperl aber sah nun einen alten, großen, geduckten Mann seitwärts am Wege sitzen, der hatte einen Sack voll prächtiger Äpfel umhängen. Da wurde er ganz genaschig, er wollte nur geschwind noch ein paar Äpfel auf den Weg kaufen, wie er aber in den Sack hineinguckt, erwischt ihn der Mann schnell bei den Füßen, wippt ihn so hinein und schnürt den Sack über ihm fest zu.

»Aha, nun hab ich dich!« sagte er und streckte zufrieden die Beine aus, um ein wenig auszuruhen.

⟨...⟩

In der Angst und Finsternis arbeitete Kasperl wütend mit seinen Ellbogen in den Äpfeln herum.

»Aber sei'n Sie doch nicht so sackgrob, Sie erdrücken mich ja«, wisperte da plötzlich ein feines Stimmchen neben ihm.

»Bist du's?« fragte er leise.

»Jawohl«, antwortete das Stimmchen, »ich bin auch gefangen und nage schon lange an dem Sack, daß mir die Zähne weh tun. Jetzt ist der Alte eingeschlafen, hören Sie nur, wie er schnarcht. Sie haben so starke, dicke Finger, sei'n Sie doch so gütig und helfen Sie mir ein wenig reißen!« Es war ein allerliebstes, kleinwinziges Mäuschen, das so artig sprach. Kasperl riß nun ganz vorsichtig an dem Sack, das Mäuschen wischte hinaus, biß ihn im Fortspringen noch schelmisch in den Finger und verschlüpfte dann schnell im Mondschein, er hörte es noch fern zwischen den Steinen kichern. Jetzt kroch er selber sacht hervor, steckte noch geschwind einen hübschen Apfel in die Tasche und nahm dann eilig Reißaus. – Aber, Gott weiß, der Alte mußte einen groben Flausrock anhaben, denn Kasperl geriet auf einmal in ein verworrenes, ungebürstetes Gestrüpp, in der Eile hatte er den Weg verloren und war, anstatt herabzuklettern, an dem alten Rockärmel gerade hinaufgelaufen. Als er aber oben stand, erstaunt' er erst recht! Da war der Morgen schon angebrochen, der Menschenfresser unter ihm war nichts anderes als der alte graue Fels vor seines Vaters Hause, und wo er das prächtige Schloß gesehen hatte und die wunderbaren Klüfte im Mondschein, da lagen jetzt fahle, dicke Wolken übereinander und dehnten sich noch halb im Schlaf. Er sah die Schornsteine in seinem Dorfe rauchen, der Nachbar trat gähnend in die Tür.

»Kikeriki!« rief er, »Kasperl, du willst wohl den Tag auskrähen, daß du dich da so früh auf den alten Steinjürgen gestellt hast.«

⟨...⟩

Das schöne Annerl war fort und kam nicht wieder, und niemand wußte was von ihr, denn sie war immer nur gegen Abend heimlich aus dem Walde mit ihm spielen gekommen. Da war Kasperl ganz traurig, er mußte viel lernen und sehnte sich sehr und wurde darüber nach und nach groß und stark. Einmal des Nachts aber, als der Mondschein über die Wälder glänzte, da kam es ihm vor, als säße die wunderschöne Frau draußen auf dem Berg vor dem Hause und blätterte in dem alten Bilderbuche, daß der Goldschnitt beim Umwenden zuweilen seltsam über die Bäume am Fenster funkelte. Da wurde er sehr unruhig, und als kaum noch der Morgen dämmerte, saß er schon angezogen in seiner Kammer am Tisch, den Kopf in die Hand gestützt. Da fiel es ihm erst ein, daß er den Apfel, den er damals aus dem Sacke mitgenommen, noch immer in der Tasche hatte. Er nahm ihn heraus und biß vor Schwermut drein, um ihn aufzuessen. Da schreit auf einmal etwas drin, und ein Köpfchen streckt und zwingt sich hervor, und wie er endlich verwundert den Apfel aufbricht, steigt ein kleines, braunes Kerlchen mit Wanderstab und Tasche aus dem Kernhause.

»Wer bist du?«

»Der Äpfelmann. Adieu!« Das Männchen ging über den Tisch fort, blieb aber plötzlich am Rande stehen, weil es nicht herunter konnte.

»Ich will dir wohl herunterhelfen, du armer Wicht«, sagte Kasperl, »aber du mußt mir dagegen etwas versprechen. Kannst du mich zu der Göttin Luna führen?«

»Warum nicht?« erwiderte das Kerlchen. Da nahm er es sauber zwischen die Finger und setzte es draußen auf den Rasen. Nun traten sie sogleich ihre Wanderschaft an. Der Kleine hinkte, denn Kasperl hatte ihn vorhin im Apfel in die große Zehe gebissen. Kaum aber waren sie weiter in die Heide gekommen, so humpelte das Kerlchen so ungeheuer schnell fort wie ein Grashüpfer und lachte und rief immer zurück: »Komm mir doch nach, komm mir doch nach, hast ja so lange Beine!«, und ehe sich's Kasperl versah, hatte er das Kerlchen in dem hohen Grase verloren. Da war er nun so klug wie vorher. – Es war aber gerade ein schöner Sonntagsmorgen. Ein Birnbaum ging eben übers Feld zur Kirche und rauschte Gottes Lob.

»Gelobt sei Jesus Christ!« grüßte ihn Kasperl. »Habt Ihr nicht so einen kleinen, braunen Pilgrim gesehen?«

»In Ewigkeit«, entgegnete der Birnbaum, »ich glaube, ich habe vorhin so was im Grase zertreten.«

»Ach Gott!« klagte Kasperl, »der hat mich irregeführt, nun weiß ich nicht, wo ich bin! Wenn ich nur einen Felsen oder Turm wüßte, um mich ein wenig umzusehen in der Welt.«

»Jetzt habe ich keine Zeit zu Narreteien«, meinte der Birnbaum; da aber Kasperl betrübt weitergehen wollte, tat es ihm leid. »Nun, komm nur schon, komm, was man auch für Not hat mit euch Kindern«, sagte er und stieg schnaufend und ächzend auf einen hohen Berg hinauf, wo er sich breit zurechtstellte und seine grünen Äste lustig in die blaue Luft hinausstreckte. Das ließ sich Kasperl nicht zweimal sagen, er kletterte schnell bis zum Wipfel hinan – da aber warf er plötzlich seinen Hut hoch in die Luft und schrie Hurra! aus Leibeskräften, denn jenseits sah er auf einmal das wunderbare Gebirge wieder, daß ihm ordentlich schwindelte vor großer Freude.

»Nun, zaus mich doch nicht so grob, das tut ja weh«, sagte der Baum. Aber Kasperl schwang sich schon hastig wieder hinab; »Gott's Lohn! Gott's Lohn!« rief er einmal übers andre. Der gute Birnbaum aber schüttelte sich zum Valet im Morgenhauch, daß der ganze Rasen voll schöner, goldener Früchte lag, die kollerten und hüpften lustig über den grünen Abhang hinunter, und Kasperl sprang ihnen nach zwischen den Morgenlichtern in die prächtige Gegend hinein. – War nun das Gebirge beim Mondglanz schön gewesen, so war jetzt alles noch vieltausendmal schöner im funkelnden Morgenlicht. Das prächtige Schloß mit seinen stillen Türmen stand ganz in rosenroter Glut, die Bäche waren von purem Gold, die Wälder rauschten und blitzten von Rubinen und Smaragden, auf den Alpen standen Engel umher und fachten mit ihren langen, regenbogenfarbenen Flügeln das Morgenrot an. Und als er endlich zum Walde kam, da erblickte er auf einmal ein wunderschönes Mädchen auf einem weißen Hirsch, die hatte ein lustiges, funkelndes Krönlein im Haar. Mein Gott, die sollt ich ja kennen, dacht er bei sich – es war sein liebes Annerl! – Sie hielt lachend still und sagte: »Die schöne Frau Luna ist verwichene Nacht untergegangen, sie läßt dich noch grüßen, ich aber bin ihre Tochter Aurora, die Königin der Wälder.«

»So will ich König sein«, rief Kasperl und schwang sich hinter sie auf den Hirsch, und hui! ging's nun durch die Waldesnacht unter einsamen Burgen, an kühlen Strömen und Gärten und schimmernden Fernen vorüber, und jedem ging das Herz auf, der sie von fern vorüberfliegen sah.

aus »Dichter und ihre Gesellen«

Der wandernde Musikant

Wandern lieb ich für mein Leben

Wandern lieb ich für mein Leben,
Lebe eben, wie ich kann,
Wollt ich mir auch Mühe geben,
Paßt es mir doch gar nicht an.

Schöne alte Lieder weiß ich,
In der Kälte, ohne Schuh,
Draußen in die Saiten reiß ich,
Weiß nicht, wo ich abends ruh.

Manche Schöne macht wohl Augen,
Meinet, ich gefiel' ihr sehr,
Wenn ich nur was wollte taugen,
So ein armer Lump nicht wär. –

Mag dir Gott ein'n Mann bescheren,
Wohl mit Haus und Hof versehn!
Wenn wir zwei zusammen wären,
Möcht mein Singen mir vergehn.

Doch in Waldes grünen Hallen
Rast ich dann noch manche Stund,
Nur die fernen Nachtigallen
Schlagen tief aus nächt'gem Grund.

Und es rauscht die Nacht so leise
Durch die Waldeseinsamkeit,
Und ich sinn auf neue Weise,
Die der Menschen Herz erfreut.

Bist du manchmal auch verstimmt

Bist du manchmal auch verstimmt,
Drück dich zärtlich an mein Herze,
Daß mir's fast den Atem nimmt,
Streich und kneif in süßem Scherze,
Wie ein rechter Liebestor
Lehn ich sanft an dich die Wange,
Und du singst mir fein ins Ohr.
Wohl im Hofe bei dem Klange
Katze miaut, Hund heult und bellt,
Nachbar schimpft mit wilder Miene –
Doch was kümmert uns die Welt,
Süße, traute Violine!

Mürrisch sitzen sie und maulen

Mürrisch sitzen sie und maulen
Auf den Bänken stumm und breit,
Gähnend strecken sich die Faulen,
Und die Kecken suchen Streit.

Da komm ich durchs Dorf geschritten
Fernher durch den Abend kühl,
Stell mich in des Kreises Mitten,
Grüß und zieh mein Geigenspiel.

Und wie ich den Bogen schwenke,
Ziehn die Klänge in der Rund
Allen recht durch die Gelenke
Bis zum tiefsten Herzensgrund.

Und nun geht's ans Gläserklingen,
An ein Walzen um und um,
Je mehr ich streich, je mehr sie springen,
Keiner fragt erst lang: warum? –

Jeder will dem Geiger reichen
Nun sein Scherflein auf die Hand –
Da vergeht ihm gleich sein Streichen,
Und fort ist der Musikant.

Und sie sehn ihn fröhlich steigen
Nach den Waldeshöhn hinaus,
Hören ihn von fern noch geigen
Und gehn all vergnügt nach Haus.

Abschied

O Täler weit, o Höhen,
O schöner, grüner Wald,
Du meiner Lust und Wehen
Andächt'ger Aufenthalt!
Da draußen, stets betrogen,
Saust die geschäft'ge Welt,
Schlag noch einmal die Bogen
Um mich, du grünes Zelt!

Wenn es beginnt zu tagen,
Die Erde dampft und blinkt,
Die Vögel lustig schlagen,
Daß dir dein Herz erklingt:
Da mag vergehn, verwehen
Das trübe Erdenleid,
Da sollst du auferstehen
In junger Herrlichkeit!

Da steht im Wald geschrieben
Ein stilles, ernstes Wort
Von rechtem Tun und Lieben
Und was des Menschen Hort.
Ich habe treu gelesen
Die Worte schlicht und wahr,
Und durch mein ganzes Wesen
Ward's unaussprechlich klar.

Bald werd ich dich verlassen,
Fremd in der Fremde gehn,
Auf buntbewegten Gassen
Des Lebens Schauspiel sehn;
Und mitten in dem Leben
Wird deines Ernsts Gewalt
Mich Einsamen erheben,
So wird mein Herz nicht alt.

Der Morgen

Fliegt der erste Morgenstrahl
Durch das stille Nebeltal,
Rauscht erwachend Wald und Hügel:
Wer da fliegen kann, nimmt Flügel!

Und sein Hütlein in die Luft
Wirft der Mensch vor Lust und ruft:
»Hat Gesang doch auch noch Schwingen,
Nun, so will ich fröhlich singen!«

Hinaus, o Mensch, weit in die Welt,
Bangt dir das Herz in krankem Mut;
Nichts ist so trüb in Nacht gestellt,
Der Morgen leicht macht's wieder gut.

Vöglein in den sonn'gen Tagen!

Vöglein in den sonn'gen Tagen!
Lüfte blau, die mich verführen!
Könnt ich bunte Flügel rühren,
Über Berg und Wald sie schlagen!

Ach! es spricht des Frühlings Schöne,
Und die Vögel alle singen:
Sind die Farben denn nicht Töne,
Und die Töne bunte Schwingen?

Vöglein, ja, ich laß das Zagen!
Winde sanft die Segel rühren,
Und ich lasse mich entführen,
Ach! wohin? mag ich nicht fragen.

Wünschelrute

Schläft ein Lied in allen Dingen,
Die da träumen fort und fort,
Und die Welt hebt an zu singen,
Triffst du nur das Zauberwort.

Anklänge

Liebe, wunderschönes Leben

Liebe, wunderschönes Leben,
Willst du wieder mich verführen,
Soll ich wieder Abschied geben
Fleißig ruhigem Studieren?

Offen stehen Fenster, Türen,
Draußen Frühlingsboten schweben,
Lerchen schwirrend sich erheben,
Echo will im Wald sich rühren.

Wohl, da hilft kein Widerstreben,
Tief im Herzen muß ich's spüren:
Liebe, wunderschönes Leben,
Wieder wirst du mich verführen!

Hoch über stillen Höhen

Hoch über stillen Höhen
Stand in dem Wald ein Haus,
So einsam war's zu sehen
Dort übern Wald hinaus.

Ein Mädchen saß darinnen
Bei stiller Abendzeit,
Tät seidne Fäden spinnen
Zu ihrem Hochzeitskleid.

Frühlingsgruß

Es steht ein Berg in Feuer,
In feurigem Morgenbrand,
Und auf des Berges Spitze
Ein Tannbaum überm Land.

Und auf dem höchsten Wipfel
Steh ich und schau vom Baum,
O Welt, du schöne Welt, du,
Man sieht dich vor Blüten kaum!

Abendlandschaft

Der Hirt bläst seine Weise,
Von fern ein Schuß noch fällt,
Die Wälder rauschen leise
Und Ströme tief im Feld.

Nur hinter jenem Hügel
Noch spielt der Abendschein –
O hätt ich, hätt ich Flügel,
Zu fliegen da hinein!

Durcheinander

Spatzen schrein und Nachtigallen,
Nelke glüht und Distel sticht,
Rose schön durch Nesseln bricht,
Besser noch hat mir gefallen
Liebchens spielendes Augenlicht;
Aber fehlte auch nur *eins* von allen,
's wär eben der närrische Frühling nicht.

Die Sperlinge

Altes Haus mit deinen Löchern,
Geiz'ger Bauer, nun ade!
Sonne scheint, von allen Dächern
Tröpfelt lustig schon der Schnee,
Draußen auf dem Zaune munter
Wetzen unsre Schnäbel wir,
Durch die Hecken rauf und runter,
In dem Baume vor der Tür
Tummeln wir in hellen Haufen
Uns mit großem Kriegsgeschrei,
Um die Liebste uns zu raufen,
Denn der Winter ist vorbei!

Übermut

Ein' Gems' auf dem Stein,
Ein' Vogel im Flug,
Ein Mädel, das klug,
Kein Bursch holt die ein.

Der Landreiter

Ich ging bei Nacht einst über Land,
Ein Bürschlein traf ich draußen,
Das hat 'nen Stutzen in der Hand
Und zielt auf mich voll Grausen.
Ich renne, da ich mich erbos,
Auf ihn in vollem Rasen,
Da drückt das kecke Bürschlein los,
Und ich stürzt auf die Nasen.
Er aber lacht mir ins Gesicht,
Daß er mich angeschossen,
Cupido war der kleine Wicht –
Das hat mich sehr verdrossen.

Die Kleine

Zwischen Bergen, liebe Mutter,
Weit den Wald entlang,
Reiten da drei junge Jäger
Auf drei Rößlein blank,
lieb Mutter,
Auf drei Rößlein blank.

Ihr könnt fröhlich sein, lieb Mutter,
Wird es draußen still:
Kommt der Vater heim vom Walde,
Küßt Euch, wie er will,
lieb Mutter,
Küßt Euch, wie er will.

Und ich werfe mich im Bettchen
Nachts ohn Unterlaß,
Kehr mich links und kehr mich rechts hin,
Nirgends hab ich was,
lieb Mutter,
Nirgends hab ich was.

Bin ich eine Frau erst einmal,
In der Nacht dann still
Wend ich mich nach allen Seiten,
Küß, soviel ich will,
lieb Mutter,
Küß, soviel ich will.

Der verzweifelte Liebhaber

Studieren will nichts bringen,
Mein Rock hält keinen Stich,
Meine Zither will nicht klingen,
Mein Schatz, der mag mich nicht.

Ich wollt, im Grün spazierte
Die allerschönste Frau,
Ich wär ein Drach und führte
Sie mit mir fort durchs Blau.

Ich wollt, ich jagt gerüstet
Und legt die Lanze aus
Und jagte all Philister
Zur schönen Welt hinaus.

Ich wollt, ich säß jetzunder
Im Himmel still und weit
Und früg nach all dem Plunder
Nichts vor Zufriedenheit.

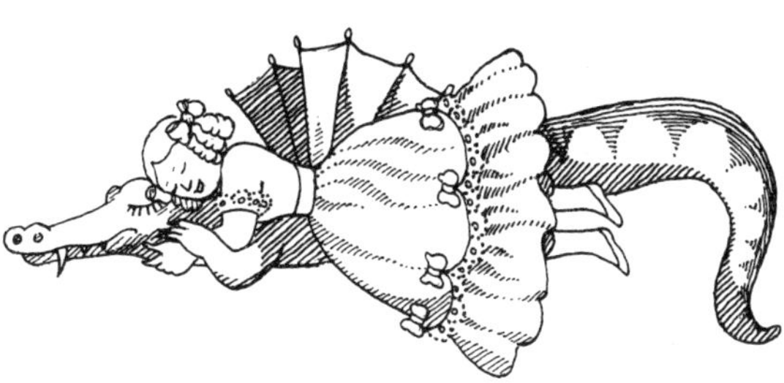

Frühlingsnacht

Übern Garten durch die Lüfte
Hört ich Wandervögel ziehn,
Das bedeutet Frühlingsdüfte,
Unten fängt's schon an zu blühn.

Jauchzen möcht ich, möchte weinen,
Ist mir's doch, als könnt's nicht sein!
Alte Wunder wieder scheinen
Mit dem Mondesglanz herein.

Und der Mond, die Sterne sagen's,
Und in Träumen rauscht's der Hain,
Und die Nachtigallen schlagen's:
Sie ist Deine, sie ist dein!

Mondnacht

Es war, als hätt der Himmel
Die Erde still geküßt,
Daß sie im Blütenschimmer
Von ihm nun träumen müßt.

Die Luft ging durch die Felder,
Die Ähren wogten sacht,
Es rauschten leis die Wälder,
So sternklar war die Nacht.

Und meine Seele spannte
Weit ihre Flügel aus,
Flog durch die stillen Lande,
Als flöge sie nach Haus.

Waldgespräch

Es ist schon spät, es wird schon kalt,
Was reit'st du einsam durch den Wald?
Der Wald ist lang, du bist allein,
Du schöne Braut! Ich führ dich heim!

»Groß ist der Männer Trug und List,
Vor Schmerz mein Herz gebrochen ist,
Wohl irrt das Waldhorn her und hin,
O flieh! Du weißt nicht, wer ich bin.«

So reich geschmückt ist Roß und Weib,
So wunderschön der junge Leib,
Jetzt kenn ich dich – Gott steh mir bei!
Du bist die Hexe Lorelei.

»Du kennst mich wohl – von hohem Stein
Schaut still mein Schloß tief in den Rhein.
Es ist schon spät, es wird schon kalt,
Kommst nimmermehr aus diesem Wald!«

Meeresstille

Ich seh von des Schiffes Rande
Tief in die Flut hinein:
Gebirge und grüne Lande
Und Trümmer im falben Schein
Und zackige Türme im Grunde,
Wie ich's oft im Traum mir gedacht,
Das dämmert alles da unten
Als wie eine prächtige Nacht.

Seekönig auf seiner Warte
Sitzt in der Dämmrung tief,
Als ob er mit langem Barte
Über seiner Harfe schlief';
Da kommen und gehen die Schiffe
Darüber, er merkt es kaum,
Von seinem Korallenriffe
Grüßt er sie wie im Traum.

Das zerbrochene Ringlein

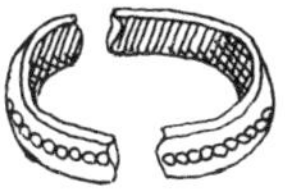

In einem kühlen Grunde,
Da geht ein Mühlenrad,
Mein Liebste ist verschwunden,
Die dort gewohnet hat.

Sie hat mir Treu versprochen,
Gab mir ein'n Ring dabei,
Sie hat die Treu gebrochen,
Mein Ringlein sprang entzwei.

Ich möcht als Spielmann reisen
Weit in die Welt hinaus
Und singen meine Weisen
Und gehn von Haus zu Haus.

Ich möcht als Reiter fliegen
Wohl in die blut'ge Schlacht,
Um stille Feuer liegen
Im Feld bei dunkler Nacht.

Hör ich das Mühlrad gehen:
Ich weiß nicht, was ich will –
Ich möcht am liebsten sterben,
Da wär's auf einmal still!

Der Vögel Abschied

Ade, ihr Felsenhallen,
Du schönes Waldrevier,
Die falben Blätter fallen,
Wir ziehen weit von hier.

Träumt fort im stillen Grunde!
Die Berg' stehn auf der Wacht,
Die Sterne machen Runde
Die lange Winternacht.

Und ob sie all verglommen,
Die Täler und die Höhn –
Lenz muß doch wiederkommen
Und alles auferstehn!

Weihnachten

Markt und Straßen stehn verlassen,
Still erleuchtet jedes Haus,
Sinnend geh ich durch die Gassen,
Alles sieht so festlich aus.

An den Fenstern haben Frauen
Buntes Spielzeug fromm geschmückt,
Tausend Kindlein stehn und schauen,
Sind so wunderstill beglückt.

Und ich wandre aus den Mauern
Bis hinaus ins freie Feld,
Hehres Glänzen, heil'ges Schauern!
Wie so weit und still die Welt!

Sterne hoch die Kreise schlingen,
Aus des Schnees Einsamkeit
Steigt's wie wunderbares Singen –
O du gnadenreiche Zeit!

Verschwiegene Liebe

Über Wipfel und Saaten
In den Glanz hinein –
Wer mag sie erraten,
Wer holte sie ein?
Gedanken sich wiegen,
Die Nacht ist verschwiegen,
Gedanken sind frei.

Errät' es nur eine,
Wer an sie gedacht
Beim Rauschen der Haine,
Wenn niemand mehr wacht
Als die Wolken, die fliegen –
Mein Lieb ist verschwiegen
Und schön wie die Nacht.

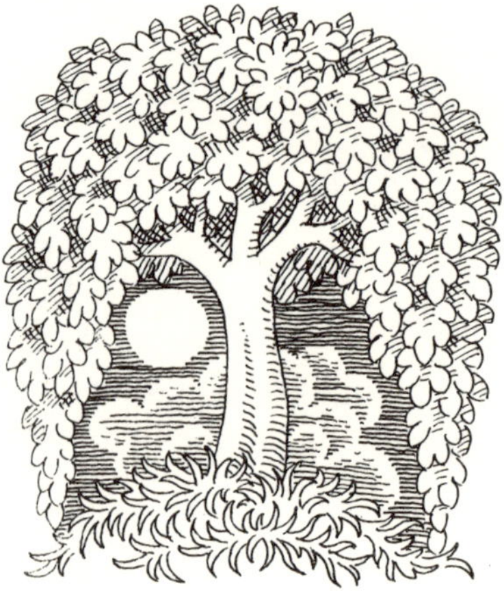

Aus dem Leben eines Taugenichts

ERSTES KAPITEL

Das Rad an meines Vaters Mühle brauste und rauschte schon wieder recht lustig, der Schnee tröpfelte emsig vom Dache, die Sperlinge zwitscherten und tummelten sich dazwischen; ich saß auf der Türschwelle und wischte mir den Schlaf aus den Augen; mir war so recht wohl in dem warmen Sonnenscheine. Da trat der Vater aus dem Hause; er hatte schon seit Tagesanbruch in der Mühle rumort und die Schlafmütze schief auf dem Kopfe, der sagte zu mir: »Du Taugenichts! da sonnst du dich schon wieder und dehnst und reckst dir die Knochen müde und läßt mich alle Arbeit allein tun. Ich kann dich hier nicht länger füttern. Der Frühling ist vor der Tür, geh auch einmal hinaus in die Welt und erwirb dir selber dein Brot.«

»Nun«, sagte ich, »wenn ich ein Taugenichts bin, so ist's gut, so will ich in die Welt gehen und mein Glück machen.« Und eigentlich war mir das recht lieb, denn es war mir kurz vorher selber eingefallen, auf Reisen zu gehn, da ich die Goldammer, welche im Herbst und Winter immer betrübt an unserm Fenster sang: »Bauer, miet mich, Bauer, miet mich!«, nun in der schönen Frühlingszeit wieder ganz stolz und lustig vom Baume rufen hörte: »Bauer, behalt deinen Dienst!« – Ich ging also in das Haus hinein und holte meine Geige, die ich recht artig spielte, von der Wand, mein Vater gab mir noch einige Groschen Geld mit auf den Weg, und so schlenderte ich durch das lange Dorf hinaus. Ich hatte recht meine heimliche Freude, als ich da alle meine alten Bekannten und Kameraden rechts und links, wie gestern und vorgestern und immerdar, zur Arbeit hinausziehen, graben und pflügen sah, während ich so in die freie Welt hinausstrich. Ich rief den armen Leuten nach allen Seiten recht stolz und zufrieden Adjes zu, aber es kümmerte sich eben keiner sehr darum. Mir war es wie ein ewiger Sonntag im Gemüte. Und als ich endlich ins freie Feld hinauskam, da nahm ich meine liebe Geige vor und spielte und sang, auf der Landstraße fortgehend:

»Wem Gott will rechte Gunst erweisen,
Den schickt er in die weite Welt,
Dem will er seine Wunder weisen
In Berg und Wald und Strom und Feld.

Die Trägen, die zu Hause liegen,
Erquicket nicht das Morgenrot,
Sie wissen nur vom Kinderwiegen,
Von Sorgen, Last und Not um Brot.

Die Bächlein von den Bergen springen,
Die Lerchen schwirren hoch vor Lust,
Was sollt ich nicht mit ihnen singen
Aus voller Kehl und frischer Brust?

Den lieben Gott laß ich nur walten;
Der Bächlein, Lerchen, Wald und Feld
Und Erd und Himmel will erhalten,
Hat auch mein Sach aufs best bestellt!«

Indem, wie ich mich so umsehe, kömmt ein köstlicher Reisewagen ganz nahe an mich heran, der mochte wohl schon einige Zeit hinter mir drein gefahren sein, ohne daß ich es merkte, weil mein Herz so voller Klang war, denn es ging ganz langsam, und zwei vornehme Damen steckten die Köpfe aus dem Wagen und hörten mir zu. Die eine war besonders schön und jünger als die andere,

aber eigentlich gefielen sie mir alle beide. Als ich nun aufhörte zu singen, ließ die ältere stillhalten und redete mich holdselig an: »Ei, lustiger Gesell, Er weiß ja recht hübsche Lieder zu singen.« Ich nicht zu faul dagegen: »Ew. Gnaden aufzuwarten, wüßt ich noch viel schönere.« Darauf fragte sie mich wieder: »Wohin wandert Er denn schon so am frühen Morgen?« Da schämte ich mich, daß ich das selber nicht wußte, und sagte dreist: »Nach Wien«; nun sprachen beide miteinander in einer fremden Sprache, die ich nicht verstand. Die jüngere schüttelte einigemal mit dem Kopfe, die andere lachte aber in einem fort und rief mir endlich zu: »Spring Er nur hinten mit auf, wir fahren auch nach Wien.« Wer war froher als ich! Ich machte eine Reverenz und war mit einem Sprunge hinter dem Wagen, der Kutscher knallte, und wir flogen über die glänzende Straße fort, daß mir der Wind am Hute pfiff.

Hinter mir gingen nun Dorf, Gärten und Kirchtürme unter, vor mir neue Dörfer, Schlösser und Berge auf; unter mir Saaten, Büsche und Wiesen bunt vorüberfliegend, über mir unzählige Lerchen in der klaren blauen Luft – ich schämte mich, laut zu schreien, aber innerlichst jauchzte ich und strampelte und tanzte auf dem Wagentritt herum, daß ich bald meine Geige verloren hätte, die ich unterm Arme hielt. Wie aber denn die Sonne immer höher stieg, rings am Horizont schwere weiße Mittagswolken aufstiegen und alles in der Luft und auf der weiten Fläche so leer und schwül und still wurde über den leise wogenden Kornfeldern, da fiel mir erst wieder mein Dorf ein und mein Vater und unsere Mühle, wie es da so heimlich kühl war an dem schattigen Weiher, und daß nun alles so weit, weit hinter mir lag. Mir war dabei so kurios zumute, als müßt ich wieder umkehren; ich steckte meine Geige zwischen Rock und Weste, setzte mich voller Gedanken auf den Wagentritt hin und schlief ein.

Als ich die Augen aufschlug, stand der Wagen still unter hohen Lindenbäumen, hinter denen eine breite Treppe zwischen Säulen in ein prächtiges Schloß führte. Seitwärts durch die Bäume sah ich die Türme von Wien. Die Damen waren, wie es schien, längst ausgestiegen, die Pferde abgespannt. Ich erschrak sehr, da ich auf einmal so allein saß, und sprang geschwind in das Schloß hinein, da hörte ich von oben aus dem Fenster lachen.

In diesem Schlosse ging es mir wunderlich. Zuerst, wie ich mich in der weiten kühlen Vorhalle umschaue, klopft mir jemand mit dem Stocke auf die Schulter. Ich kehre mich schnell um, da steht ein großer Herr in Staatskleidern, ein breites Bandelier von Gold und Seide bis an die Hüften übergehängt, mit einem oben versilberten Stabe in der Hand und einer außerordentlich langen gebogenen kurfürstlichen Nase im Gesicht, breit und prächtig wie ein aufgeblasener Puter, der mich fragt, was ich hier will. Ich war ganz verblüfft und konnte vor Schreck und Erstaunen nichts hervorbringen. Darauf kamen mehrere Bedienten die Treppe herauf- und heruntergerannt, die sagten gar nichts, sondern sahen mich nur von oben bis unten an. Sodann kam eine Kammerjungfer (wie ich nachher hörte) gerade auf mich los und sagte, ich wäre ein scharmanter Junge und die gnädige Herrschaft ließe mich fragen, ob ich hier als Gärtnerbursche dienen wollte. – Ich griff nach der Weste; meine paar Groschen, weiß Gott, sie müssen beim Herumtanzen auf dem Wagen aus der Tasche gesprungen sein, waren weg, ich hatte nichts als mein Geigenspiel, für das mir überdies auch der Herr mit dem Stabe, wie er mir im Vorbeigehn sagte, nicht einen Heller geben wollte. Ich sagte daher in meiner Herzensangst zu der Kammerjungfer: »Ja«; noch immer die Augen von der Seite auf die unheimliche Gestalt gerichtet, die immerfort wie der Perpendikel einer Turmuhr in der Halle auf und ab wandelte und eben wieder majestätisch und schauerlich aus dem Hintergrunde heraufgezogen kam. Zuletzt kam endlich der Gärtner, brummte was von Gesindel und Bauerlümmel unterm Bart und führte mich nach dem Garten, während er mir unterwegs noch eine lange Predigt hielt: wie ich nur fein nüchtern und arbeitsam sein, nicht in der Welt herumvagieren, keine brotlosen Künste und unnützes Zeug treiben solle, da könnt ich es mit der Zeit auch einmal zu was Rechtem bringen. – Es waren noch mehr sehr hübsche, gutgesetzte, nützliche Lehren, ich habe nur seitdem fast alles wieder vergessen. Überhaupt weiß ich eigentlich gar nicht recht, wie doch alles so gekommen war, ich sagte nur immerfort zu allem: »Ja« – denn mir war wie einem Vogel, dem die Flügel begossen worden sind. – So war ich denn, Gott sei Dank, im Brote.

In dem Garten war schön leben, ich hatte täglich mein warmes Essen vollauf und mehr Geld, als ich zum Weine brauchte, nur hatte ich leider ziemlich viel zu tun. Auch die Tempel, Lauben und schönen grünen Gänge, das gefiel mir alles recht gut, wenn ich nur hätte ruhig drin herumspazieren können und vernünftig diskurieren, wie die Herren und Damen, die alle Tage dahin kamen. Sooft der Gärtner fort und ich allein war, zog ich sogleich mein kurzes Tabakspfeifchen heraus, setzte mich hin und sann auf schöne höfliche Redensarten, wie ich die eine junge, schöne Dame, die mich in das Schloß mitbrachte, unterhalten wollte, wenn ich ein Kavalier wäre und mit ihr hier herumginge. Oder ich legte mich an schwülen Nachmittagen auf den Rücken hin, wenn alles so still war, daß man nur die Bienen sumsen hörte, und sah zu, wie über mir die Wolken nach meinem Dorfe zu flogen und die Gräser und Blumen sich hin und her bewegten, und gedachte an die Dame, und da geschah es denn oft, daß die schöne Frau mit der Gitarre oder einem Buche in der Ferne wirklich durch den Garten zog, so still, groß und freundlich wie ein Engelsbild, so daß ich nicht recht wußte, ob ich träumte oder wachte.

So sang ich auch einmal, wie ich eben bei einem Lusthause zur Arbeit vorbeiging, für mich hin:

»Wohin ich geh und schaue,
In Feld und Wald und Tal,
Vom Berg ins Himmelsblaue,
Vielschöne gnäd'ge Fraue,
Grüß ich dich tausendmal.«

Da seh ich aus dem dunkelkühlen Lusthause zwischen den halbgeöffneten Jalousien und Blumen, die dort standen, zwei schöne, junge, frische Augen hervorfunkeln. Ich war ganz erschrocken, ich sang das Lied nicht aus, sondern ging, ohne mich umzusehen, fort an die Arbeit.

Abends, es war gerade an einem Sonnabend, und ich stand eben in der Vorfreude kommenden Sonntags mit der Geige im Gartenhause am Fenster und dachte noch an die funkelnden Augen, da kommt auf einmal die Kammerjungfer durch die Dämmerung dahergestrichen.

»Da schickt Euch die vielschöne gnädige Frau was, das sollt Ihr auf ihre Gesundheit trinken. Eine gute Nacht auch!« Damit setzte sie mir fix eine Flasche Wein aufs Fenster und war sogleich wieder zwischen den Blumen und Hecken verschwunden wie eine Eidechse.

Ich aber stand noch lange vor der wundersamen Flasche und wußte nicht, wie mir geschehen war. – Und hatte ich vorher lustig die Geige gestrichen, so spielt und sang ich jetzt erst recht und sang das Lied von der schönen Frau ganz aus und alle meine Lieder, die ich nur wußte, bis alle Nachtigallen draußen erwachten und Mond und Sterne schon lange über dem Garten standen. Ja, das war einmal eine gute, schöne Nacht!

Es wird keinem an der Wiege gesungen, was künftig

aus ihm wird, eine blinde Henne findet manchmal auch ein Korn, wer zuletzt lacht, lacht am besten, unverhofft kommt oft, der Mensch denkt und Gott lenkt, so meditiert ich, als ich am folgenden Tage wieder mit meiner Pfeife im Garten saß und es mir dabei, da ich so aufmerksam an mir heruntersah, fast vorkommen wollte, als wäre ich doch eigentlich ein rechter Lump. – Ich stand nunmehr, ganz wider meine sonstige Gewohnheit, alle Tage sehr zeitig auf, eh sich noch der Gärtner und die andern Arbeiter rührten. Da war es so wunderschön draußen im Garten. Die Blumen, die Springbrunnen, die Rosenbüsche und der ganze Garten funkelten von der Morgensonne wie lauter Gold und Edelstein. Und in den hohen Buchenalleen, da war es noch so still, kühl und andächtig wie in einer Kirche, nur die Vögel flatterten und pickten auf dem Sande. Gleich vor dem Schlosse, gerade unter den Fenstern, wo die schöne Frau wohnte, war ein blühender Strauch. Dorthin ging ich dann immer am frühesten Morgen und duckte mich hinter die Äste, um so nach den Fenstern zu sehen, denn mich im Freien zu produzieren, hatt ich keine Courage. Da sah ich nun allemal die allerschönste Dame noch heiß und halb verschlafen im schneeweißen Kleide an das offne Fenster hervortreten. Bald flocht sie sich die dunkelbraunen Haare und ließ dabei die anmutig spielenden Augen über Busch und Garten ergehen, bald bog und band sie die Blumen, die vor ihrem Fenster standen, oder sie nahm auch die Gitarre in den weißen Arm und sang dazu so wundersam über den Garten hinaus, daß sich mir noch das Herz umwenden will vor Wehmut, wenn mir eins von den Liedern bisweilen einfällt – und ach, das alles ist schon lange her!

So dauerte das wohl über eine Woche. Aber das eine Mal, sie stand gerade wieder am Fenster und alles war stille ringsumher, fliegt mir eine fatale Fliege in die Nase, und ich gebe mich an ein erschreckliches Niesen, das gar nicht enden will. Sie legt sich weit zum Fenster hinaus und sieht mich Ärmsten hinter dem Strauche lauschen. – Nun schämte ich mich und kam viele Tage nicht hin.

Endlich wagte ich es wieder, aber das Fenster blieb diesmal zu, ich saß vier, fünf, sechs Morgen hinter dem Strauche, aber sie kam nicht wieder ans Fenster. Da wurde mir die Zeit lang, ich faßte ein Herz und ging nun alle Morgen frank und frei längs dem Schlosse unter allen Fenstern hin. Aber die liebe schöne Frau blieb immer und immer aus. Eine Strecke weiter sah ich dann immer die andere Dame am Fenster stehen. Ich hatte sie sonst so genau noch niemals gesehen. Sie war wahrhaftig recht schön rot und dick und gar prächtig und hoffärtig anzusehn, wie eine Tulipane. Ich machte ihr immer ein tiefes Kompliment, und, ich kann nicht anders sagen, sie dankte mir jedesmal und nickte und blinzelte mit den Augen dazu ganz außerordentlich höflich. – Nur ein einziges Mal glaub ich gesehn zu haben, daß auch die Schöne an ihrem Fenster hinter der Gardine stand und versteckt hervorguckte.

Viele Tage gingen jedoch ins Land, ohne daß ich sie sah. Sie kam nicht mehr in den Garten, sie kam nicht mehr ans Fenster. Der Gärtner schalt mich einen faulen Bengel, ich war verdrüßlich, meine eigne Nasenspitze war mir im Wege, wenn ich in Gottes freie Welt hinaussah.

So lag ich eines Sonntags nachmittag im Garten und ärgerte mich, wie ich so in die blauen Wolken meiner Tabakspfeife hinaussah, daß ich mich nicht auf ein anderes Handwerk gelegt und mich also morgen nicht auch wenigstens auf einen blauen Montag zu freuen hätte. Die andern Burschen waren indes alle wohlausstaffiert nach den Tanzböden in der nahen Vorstadt hinausgezogen. Da wallte und wogte alles im Sonntagsputze in der warmen Luft zwischen den lichten Häusern und wandernden Leierkasten schwärmend hin und zurück. Ich aber saß wie eine Rohrdommel im Schilfe eines einsamen Weihers im Garten und schaukelte mich auf dem Kahne, der dort angebunden war, während die Vesperglocken aus der Stadt über den Garten herüberschallten und die Schwäne auf dem Wasser langsam neben mir hin und her zogen. Mir war zum Sterben bange.

Währenddes hörte ich von weitem allerlei Stimmen, lustiges Durcheinandersprechen und Lachen, immer näher und näher, dann schimmerten rot' und weiße Tücher, Hüte und Federn durchs Grüne, auf einmal kommt ein heller lichter Haufen von jungen Herren und Damen vom Schlosse über die Wiese auf mich los, meine beiden Damen mitten unter ihnen. Ich stand auf und wollte weggehen, da erblickte mich die ältere von den schönen Damen.

»Ei, das ist ja wie gerufen«, rief sie mir mit lachendem Munde zu, »fahr Er uns doch an das jenseitige Ufer über den Teich!« Die Damen stiegen nun eine nach der andern vorsichtig und furchtsam in den Kahn, die Herren halfen ihnen dabei und machten sich ein wenig groß mit ihrer Kühnheit auf dem Wasser. Als sich darauf die Frauen alle auf die Seitenbänke gelagert hatten, stieß ich vom Ufer. Einer von den jungen Herren, der ganz vorn stand, fing unmerklich an zu schaukeln. Da wandten sich die Damen furchtsam hin und her, einige schrien gar. Die schöne Frau, welche eine Lilie in der Hand hielt, saß dicht am Bord des Schiffleins und sah so still lächelnd in die klaren Wellen hinunter, die sie mit der Lilie berührte, so daß ihr ganzes Bild zwischen den widerscheinenden Wolken und Bäumen im Wasser noch einmal zu sehen war, wie ein Engel, der leise durch den tiefen blauen Himmelsgrund zieht.

Wie ich noch so auf sie hinsehe, fällt's auf einmal der andern, lustigen dicken von meinen zwei Damen ein, ich sollte ihr während der Fahrt eins singen. Geschwind dreht sich ein sehr zierlicher junger Herr mit einer Brille auf der Nase, der neben ihr saß, zu ihr herum, küßt ihr sanft die Hand und sagt: »Ich danke Ihnen für den sinnigen Einfall! Ein Volkslied, *gesungen* vom Volk in freiem Feld und Wald, ist ein Alpenröslein auf der Alpe selbst – die ›Wunderhörner‹ sind nur Herbarien –, ist die Seele der Nationalseele.« Ich aber sagte, ich wisse nichts zu singen, was für solche Herrschaften schön genug wäre. Da sagte die schnippische Kammerjungfer, die mit einem Korbe voll Tassen und Flaschen hart neben mir stand und die ich bis jetzt noch gar nicht bemerkt hatte: »Weiß Er doch ein recht hübsches Liedchen von einer vielschönen Fraue.«

»Ja, ja, das sing Er nur recht dreist weg«, rief darauf sogleich die Dame wieder. Ich wurde über und über rot. – Indem blickte auch die schöne Frau auf einmal vom Wasser auf und sah mich an, daß es mir durch Leib und Seele ging. Da besann ich mich nicht lange, faßte ein Herz und sang so recht aus voller Brust und Lust:

»Wohin ich geh und schaue,
In Feld und Wald und Tal,
Vom Berg hinab in die Aue:
Vielschöne, hohe Fraue,
Grüß ich dich tausendmal.

In meinem Garten find ich
Viel Blumen, schön und fein,
Viel Kränze wohl draus wind ich,
Und tausend Gedanken bind ich
Und Grüße mit darein.

Ihr darf ich keinen reichen,
Sie ist zu hoch und schön,
Die müssen alle verbleichen,
Die Liebe nur ohnegleichen
Bleibt ewig im Herzen stehn.

Ich schein wohl froher Dinge
Und schaffe auf und ab,
Und ob das Herz zerspringe,
Ich grabe fort und singe
Und grab mir bald mein Grab.«

Wir stießen ans Land, die Herrschaften stiegen alle aus, viele von den jungen Herren hatten mich, ich bemerkt es wohl, während ich sang, mit listigen Mienen und Flüstern verspottet vor den Damen. Der Herr mit der Brille faßte mich im Weggehen bei der Hand und sagte mir, ich weiß selbst nicht mehr was, die ältere von meinen Damen sah mich sehr freundlich an. Die schöne Frau hatte während meines ganzen Liedes die Augen niedergeschlagen und ging nun auch fort und sagte gar nichts. – Mir aber standen die Tränen in den Augen schon, wie ich noch sang, das Herz wollte mir zerspringen von dem Liede vor Scham und vor Schmerz, es fiel mir jetzt auf einmal alles recht ein, wie *sie* so schön ist und ich so arm bin und verspottet und verlassen von der Welt – und als sie alle hinter den Büschen verschwunden waren, da konnt ich mich nicht länger halten, ich warf mich in das Gras hin und weinte bitterlich.

ZWEITES KAPITEL

Dicht am herrschaftlichen Garten ging die Landstraße vorüber, nur durch eine hohe Mauer von derselben geschieden. Ein gar sauberes Zollhäuschen mit rotem Ziegeldache war da erbaut und hinter demselben ein kleines, buntumzäumtes Blumengärtchen, das durch eine Lücke in der Mauer des Schloßgartens hindurch an den schattigsten und verborgensten Teil des letzteren stieß. Dort war eben der Zolleinnehmer gestorben, der das alles sonst bewohnte. Da kam eines Morgens frühzeitig, da ich noch im tiefsten Schlafe lag, der Schreiber vom Schlosse zu mir und rief mich schleunigst zum Herrn Amtmann. Ich zog mich geschwind an und schlenderte hinter dem lustigen Schreiber her, der unterwegs bald da, bald dort eine Blume abbrach und vorn an den Rock steckte, bald mit seinem Spazierstöckchen künstlich in der Luft herumfocht und allerlei zu mir in den Wind hineinparlierte, wovon ich aber nichts verstand, weil mir die Augen und Ohren noch voller Schlaf lagen. Als ich in die Kanzlei trat, wo es noch gar nicht recht Tag war, sah der Amtmann hinter einem ungeheuren Tintenfasse und Stößen von Papier und Büchern und einer ansehnlichen Perücke wie die Eule aus ihrem Nest auf mich und hob an: »Wie heißt Er? Woher ist Er? Kann Er schreiben, lesen und rechnen?« Da ich das bejahte, versetzte er: »Na, die gnädige Herrschaft hat Ihm, in Betrachtung Seiner guten Aufführung und besondern Meriten, die ledige Einnehmerstelle zugedacht.« – Ich überdachte in der Geschwindigkeit für mich meine bisherige Aufführung und Manieren, und ich mußte gestehen, ich fand am Ende selber, daß der Amtmann recht hatte. – Und so war ich denn wirklich Zolleinnehmer, ehe ich mich's versah.

Ich bezog nun sogleich meine neue Wohnung und war in kurzer Zeit eingerichtet. Ich hatte noch mehrere Gerätschaften gefunden, die der selige Einnehmer seinem Nachfolger hinterlassen, unter andern einen prächtigen roten Schlafrock mit gelben Punkten, grüne Pantoffeln, eine Schlafmütze und einige Pfeifen mit langen Röhren.

Das alles hatte ich mir schon einmal gewünscht, als ich noch zu Hause war, wo ich immer unsern Pfarrer so bequem herumgehen sah. Den ganzen Tag (zu tun hatte ich weiter nichts) saß ich daher auf dem Bänkchen vor meinem Hause in Schlafrock und Schlafmütze, rauchte Tabak aus dem längsten Rohre, das ich von dem seligen Einnehmer vorgefunden hatte, und sah zu, wie die Leute auf der Landstraße hin und her gingen, fuhren und ritten. Ich wünschte nur immer, daß auch einmal ein paar Leute aus meinem Dorfe, die immer sagten, aus mir würde mein Lebtage nichts, hier vorüberkommen und mich so sehen möchten. – Der Schlafrock stand mir schön zu Gesichte, und überhaupt das alles behagte mir sehr gut. So saß ich denn da und dachte mir mancherlei hin und her, wie aller Anfang schwer ist, wie das vornehmere Leben doch eigentlich recht bequem sei, und faßte heimlich den Entschluß, nunmehr alles Reisen zu lassen, auch Geld zu sparen wie die andern und es mit der Zeit gewiß zu etwas Großem in der Welt zu bringen. Inzwischen vergaß ich über meinen Entschlüssen, Sorgen und Geschäften die allerschönste Frau keineswegs.

Die Kartoffeln und anderes Gemüse, das ich in meinem kleinen Gärtchen fand, warf ich hinaus und bebaute es ganz mit den auserlesensten Blumen, worüber mich der Portier vom Schlosse mit der großen kurfürstlichen Nase, der, seitdem ich hier wohnte, oft zu mir kam und mein intimer Freund geworden war, bedenklich von der Seite ansah und mich für einen hielt, den sein plötzliches Glück verrückt gemacht hätte. Ich aber ließ mich das nicht anfechten. Denn nicht weit von mir im herrschaftlichen Garten hörte ich feine Stimmen sprechen, unter denen ich die meiner schönen Frau zu erkennen meinte, obgleich ich wegen des dichten Gebüsches niemand sehen konnte. Da band ich denn alle Tage einen Strauß von den schönsten Blumen, die ich hatte, stieg jeden Abend, wenn es dunkel wurde, über die Mauer und legte ihn auf einen steinernen Tisch hin, der dort inmitten einer Laube stand; und jeden Abend, wenn ich den neuen Strauß brachte, war der alte von dem Tische fort.

Eines Abends war die Herrschaft auf die Jagd geritten; die Sonne ging eben unter und bedeckte das ganze Land mit Glanz und Schimmer, die Donau schlängelte sich prächtig wie von lauter Gold und Feuer in die weite Ferne, von allen Bergen bis tief ins Land hinein sangen und jauchzten die Winzer. Ich saß mit dem Portier auf dem Bänkchen vor meinem Hause und freute mich in der lauen Luft, wie der lustige Tag so langsam vor uns verdunkelte und verhallte. Da ließen sich auf einmal die Hörner der zurückkehrenden Jäger von ferne vernehmen, die von den Bergen gegenüber einander von Zeit zu Zeit lieblich Antwort gaben. Ich war recht im innersten Herzen vergnügt und sprang auf und rief wie bezaubert und verzückt vor Lust: »Nein, das ist mir doch ein Metier, die edle Jägerei!« Der Portier aber klopfte sich ruhig die Pfeife aus und sagte: »Das denkt Ihr Euch just so. Ich habe es auch mitgemacht, man verdient sich kaum die Sohlen, die man sich abläuft; und Husten und Schnupfen wird man erst gar nicht los, das kommt von den ewig nassen Füßen.« – Ich weiß nicht, mich packte da ein närrischer Zorn, daß ich ordentlich am ganzen Leibe zitterte. Mir war auf einmal der ganze Kerl mit seinem langweiligen Mantel, die ewigen Füße, sein Tabaksschnupfen, die große Nase und alles abscheulich. – Ich faßte ihn wie außer mir bei der Brust und sagte: »Portier, jetzt schert Ihr Euch nach Hause, oder ich prügle Euch hier sogleich durch!« Den Portier überfiel bei diesen Worten seine alte Meinung, ich wäre verrückt geworden. Er sah mich bedenklich und mit heimlicher Furcht an, machte sich, ohne ein Wort zu sprechen, von mir los und ging, immer noch unheimlich nach mir zurückblickend, mit langen Schritten nach dem Schlosse, wo er atemlos aussagte, ich sei nun wirklich rasend geworden.

Ich aber mußte am Ende laut auflachen und war herzlich froh, den superklugen Gesellen los zu sein, denn es war gerade die Zeit, wo ich den Blumenstrauß immer in die Laube zu legen pflegte. Ich sprang auch heute schnell über die Mauer und ging eben auf das steinerne Tischchen los, als ich in einiger Entfernung Pferdetritte vernahm. Entspringen konnt ich nicht mehr, denn schon kam meine schöne gnädige Frau selber, in einem grünen Jagdhabit und mit nickenden Federn auf dem Hute, langsam und, wie es schien, in tiefen Gedanken die Allee herabgeritten. Es war mir nicht anders zumute, als da ich sonst in den alten Büchern bei meinem Vater von der schönen Magelone gelesen, wie sie so zwischen den immer näher schallenden Waldhornsklängen und wechselnden Abendlichtern unter den hohen Bäumen hervorkam – ich konnte nicht vom Fleck. Sie aber erschrak heftig, als sie mich auf einmal gewahr wurde, und hielt fast unwillkürlich still. Ich war wie betrunken vor Angst, Herzklopfen und großer Freude, und da ich bemerkte, daß sie wirklich meinen Blumenstrauß von gestern an der Brust hatte, konnte ich mich nicht länger halten, sondern sagte ganz verwirrt: »Schönste gnädige Frau, nehmt auch noch diesen Blumenstrauß von mir und alle Blumen aus meinem Garten und alles, was ich habe. Ach, könnt ich nur für Euch ins Feuer springen!« – Sie hatte mich gleich anfangs so ernsthaft und fast böse angeblickt, daß es mir durch Mark und Bein ging, dann aber hielt sie, solange ich redete, die Augen tief niedergeschlagen. Soeben ließen sich einige Reiter und Stimmen im Gebüsch hören. Da ergriff sie schnell den Strauß aus meiner Hand und war bald, ohne ein Wort zu sagen, am andern Ende des Bogenganges verschwunden.

Seit diesem Abend hatte ich weder Ruh noch Rast

mehr. Es war mir beständig zumute wie sonst immer, wenn der Frühling anfangen sollte, so unruhig und fröhlich, ohne daß ich wußte, warum, als stünde mir ein großes Glück oder sonst etwas Außerordentliches bevor. Besonders das fatale Rechnen wollte mir nun erst gar nicht mehr von der Hand, und ich hatte, wenn der Sonnenschein durch den Kastanienbaum vor dem Fenster grüngolden auf die Ziffern fiel und so fix vom Transport bis zum Latus und wieder hinauf und hinab addierte, gar seltsame Gedanken dabei, so daß ich manchmal ganz verwirrt wurde und wahrhaftig nicht bis drei zählen konnte. Denn die Acht kam mir immer vor wie meine dicke enggeschnürte Dame mit dem breiten Kopfputz, die böse Sieben war gar wie ein ewig rückwärts zeigender Wegweiser oder Galgen. – Am meisten Spaß machte mir noch die Neun, die sich mir so oft, eh ich mich's versah, lustig als Sechs auf den Kopf stellte, während die Zwei wie ein Fragezeichen so pfiffig dreinsah, als wollte sie mich fragen: »Wo soll das am Ende noch hinaus mit dir, du arme Null? Ohne *sie*, diese schlanke Eins und alles, bleibst du doch ewig nichts!«

Auch das Sitzen draußen vor der Tür wollte mir nicht mehr behagen. Ich nahm mir, um es bequemer zu haben, einen Schemel mit heraus und streckte die Füße darauf, ich flickte ein altes Parasol vom Einnehmer und steckte es gegen die Sonne wie ein chinesisches Lusthaus über mich. Aber es half nichts. Es schien mir, wie ich so saß und rauchte und spekulierte, als würden mir allmählich die Beine immer länger vor Langeweile und die Nase wüchse mir vom Nichtstun, wenn ich so stundenlang an ihr heruntersah. – Und wenn denn manchmal noch vor Tagesanbruch eine Extrapost vorbeikam, und ich trat halb verschlafen in die kühle Luft hinaus, und ein niedliches Gesichtchen, von dem man in der Dämmerung nur die funkelnden Augen sah, bog sich neugierig zum Wagen hervor und bot mir freundlich einen guten Morgen, in den Dörfern aber ringsumher krähten die Hähne so frisch über die leise wogenden Kornfelder herüber, und zwischen den Morgenstreifen hoch am Himmel schweiften schon einzelne zu früh erwachte Lerchen, und der Postillon nahm dann sein Posthorn und fuhr weiter und blies und blies – da stand ich lange und sah dem Wagen nach, und es war mir nicht anders, als müßt ich nur sogleich mit fort, weit, weit in die Welt.

Meine Blumensträuße legte ich indes immer noch, sobald die Sonne unterging, auf den steinernen Tisch in der dunkeln Laube. Aber das war es eben: damit war es nun aus seit jenem Abend. – Kein Mensch kümmerte sich darum: sooft ich des Morgens frühzeitig nachsah, lagen die Blumen noch immer da wie gestern und sahen mich mit ihren verwelkten niederhängenden Köpfchen und daraufstehenden Tautropfen ordentlich betrübt an, als ob sie weinten. – Das verdroß mich sehr. Ich band gar keinen Strauß mehr. In meinem Garten mochte nun auch das Unkraut treiben, wie es wollte, und die Blumen ließ ich ruhig stehn und wachsen, bis der Wind die Blätter verwehte. War mir's doch ebenso wild und bunt und verstört im Herzen.

In diesen kritischen Zeitläuften geschah es denn, daß einmal, als ich eben zu Hause im Fenster liege und verdrüßlich in die leere Luft hinaussehe, die Kammerjungfer vom Schlosse über die Straße dahergetrippelt kommt. Sie lenkte, da sie mich erblickte, schnell zu mir ein und blieb am Fenster stehen.

»Der gnädige Herr ist gestern von seiner Reise zurückgekommen«, sagte sie eilfertig.

»So?« entgegnete ich verwundert – denn ich hatte mich schon seit einigen Wochen um nichts bekümmert und wußte nicht einmal, daß der Herr auf Reisen war –, »da wird seine Tochter, die junge gnädige Frau, auch große Freude gehabt haben.« Die Kammerjungfer sah mich kurios von oben bis unten an, so daß ich mich ordentlich selber besinnen mußte, ob ich was Dummes gesagt hätte.

»Er weiß aber auch gar nichts«, sagte sie endlich und rümpfte das kleine Näschen. »Nun«, fuhr sie fort, »es soll heute abend dem Herrn zu Ehren Tanz im Schlosse sein und Maskerade. Meine gnädige Frau wird auch maskiert sein, als Gärtnerin – versteht Er auch recht – als Gärtnerin. Nun hat die gnädige Frau gesehen, daß Er besonders schöne Blumen hat in Seinem Garten.« – Das ist seltsam, dachte ich bei mir selbst, man sieht doch jetzt fast keine Blume mehr vor Unkraut. – Sie aber fuhr fort: »Da nun die gnädige Frau schöne Blumen zu ihrem Anzuge braucht, aber ganz frische, die eben vom Beete kommen, so soll Er ihr welche bringen und damit heute abend, wenn's dunkel geworden ist, unter dem großen Birnbaum im Schloßgarten warten, da wird sie dann kommen und die Blumen abholen.«

Ich war ganz verblüfft vor Freude über diese Nachricht und lief in meiner Entzückung vom Fenster zu der Kammerjungfer hinaus.

»Pfui, der garstige Schlafrock!« rief diese aus, da sie mich auf einmal so in meinem Aufzuge im Freien sah. Das ärgerte mich, ich wollte auch nicht dahinter bleiben in der Galanterie und machte einige artige Kapriolen, um sie zu erhaschen und zu küssen. Aber unglücklicherweise verwickelte sich mir dabei der Schlafrock, der mir viel zu lang war, unter den Füßen, und ich fiel der Länge nach auf die Erde. Als ich mich wieder zusammenraffte, war die Kammerjungfer schon weit fort, und ich hörte sie noch von fern lachen, daß sie sich die Seiten halten mußte.

Nun aber hatt ich was zu sinnen und mich zu freuen. *Sie* dachte ja noch immer an mich und meine Blumen!

Ich ging in mein Gärtchen und riß hastig alles Unkraut von den Beeten und warf es hoch über meinen Kopf weg in die schimmernde Luft, als zög ich alle Übel und Melancholie mit der Wurzel heraus. Die Rosen waren nun wieder wie *ihr* Mund, die himmelblauen Winden wie *ihre* Augen, die schneeweiße Lilie mit ihrem schwermütig gesenkten Köpfchen sah ganz aus wie *sie*. Ich legte alle sorgfältig in einem Körbchen zusammen. Es war ein stiller schöner Abend und kein Wölkchen am Himmel. Einzelne Sterne traten schon am Firmamente hervor, von weitem rauschte die Donau über die Felder herüber, in den hohen Bäumen im herrschaftlichen Garten neben mir sangen unzählige Vögel lustig durcheinander. Ach, ich war so glücklich!

Als endlich die Nacht hereinbrach, nahm ich mein Körbchen an den Arm und machte mich auf den Weg nach dem großen Garten. In dem Körbchen lag alles so bunt und anmutig durcheinander, weiß, rot, blau und duftig, daß mir ordentlich das Herz lachte, wenn ich hineinsah.

Ich ging voller fröhlicher Gedanken bei dem schönen Mondschein durch die stillen, reinlich mit Sand bestreuten Gänge über die kleinen weißen Brücken, unter denen die Schwäne eingeschlafen auf dem Wasser saßen, an den zierlichen Lauben und Lusthäusern vorüber. Den großen Birnbaum hatte ich gar bald aufgefunden, denn es war derselbe, unter dem ich sonst, als ich noch Gärtnerbursche war, an schwülen Nachmittagen gelegen.

Hier war es so einsam dunkel. Nur eine hohe Espe zitterte und flüsterte mit ihren silbernen Blättern in einem fort. Vom Schlosse schallte manchmal die Tanzmusik herüber. Auch Menschenstimmen hörte ich zuweilen im Garten, die kamen oft ganz nahe an mich heran, dann wurde es auf einmal wieder ganz still.

Mir klopfte das Herz. Es war mir schauerlich und seltsam zumute, als wenn ich jemand bestehlen wollte. Ich stand lange Zeit stockstill an den Baum gelehnt und lauschte nach allen Seiten, da aber immer niemand kam, konnt ich es nicht länger aushalten. Ich hing mein Körbchen an den Arm und kletterte schnell auf den Birnbaum hinauf, um wieder im Freien Luft zu schöpfen.

Da droben schallte mir die Tanzmusik erst recht über die Wipfel entgegen. Ich übersah den ganzen Garten und gerade in die hellerleuchteten Fenster des Schlosses hinein. Dort drehten sich die Kronleuchter langsam wie Kränze von Sternen, unzählige geputzte Herren und Damen, wie in einem Schattenspiele, wogten und walzten und wirrten da bunt und unkenntlich durcheinander, manchmal legten sich welche ins Fenster und sahen hinunter in den Garten. Draußen vor dem Schlosse aber waren der Rasen, die Sträucher und die Bäume von den vielen Lichtern aus dem Saale wie vergoldet, so daß ordentlich die Blumen und die Vögel aufzuwachen schienen. Weiterhin um mich herum und hinter mir lag der Garten so schwarz und still.

Da tanzt *sie* nun, dacht ich in dem Baume droben bei mir selber, und hat gewiß lange dich und deine Blumen wieder vergessen. Alles ist so fröhlich, um dich kümmert sich kein Mensch. – Und so geht es mir überall und immer. Jeder hat sein Plätzchen auf der Erde ausgesteckt, hat seinen warmen Ofen, seine Tasse Kaffee, seine Frau, sein Glas Wein zu Abend und ist so recht zufrieden; selbst dem Portier ist ganz wohl in seiner langen Haut. – Mir ist's nirgends recht. Es ist, als wäre ich überall eben zu spät gekommen, als hätte die ganze Welt gar nicht auf mich gerechnet.

Wie ich eben so philosophiere, höre ich auf einmal unten im Grase etwas einherrascheln. Zwei feine Stimmen sprachen ganz nahe und leise miteinander. Bald darauf bogen sich die Zweige in dem Gesträuche auseinander, und die Kammerjungfer steckte ihr kleines Gesichtchen, sich nach allen Seiten umsehend, zwischen der Laube hindurch. Der Mondschein funkelte recht auf ihren pfiffigen Augen, wie sie hervorguckten. Ich hielt den Atem an mich und blickte unverwandt hinunter. Es dauerte auch nicht lange, so trat wirklich die Gärtnerin, ganz so wie mir sie die Kammerjungfer gestern beschrieben hatte, zwischen den Bäumen heraus. Mein Herz klopfte mir zum Zerspringen. Sie aber hatte eine Larve vor und sah sich, wie mir schien, verwundert auf dem Platze um. – Da wollt's mir vorkommen, als wäre sie gar nicht recht schlank und niedlich. – Endlich trat sie ganz nahe an den Baum und nahm die Larve ab. – Es war wahrhaftig die andere, ältere gnädige Frau!

Wie froh war ich nun, als ich mich vom ersten Schreck erholt hatte, daß ich mich hier oben in Sicherheit befand. Wie in aller Welt, dachte ich, kommt *die* nur jetzt hierher? Wenn nun die liebe schöne gnädige Frau die Blumen abholt – das wird eine schöne Geschichte werden! Ich hätte am Ende weinen mögen vor Ärger über den ganzen Spektakel.

Indem hub die verkappte Gärtnerin unten an: »Es ist so stickend heiß droben im Saale, ich mußte gehen, mich ein wenig abzukühlen in der freien schönen Natur.« Dabei fächelte sie sich mit der Larve in einem fort und blies die Luft von sich. Bei dem hellen Mondschein konnt ich deutlich erkennen, wie ihr die Flechsen am Halse ordentlich aufgeschwollen waren; sie sah ganz erbost aus und ziegelrot im Gesicht. Die Kammerjungfer suchte unterdes hinter allen Hecken herum, als hätte sie eine Stecknadel verloren.

»Ich brauche so notwendig noch frische Blumen zu meiner Maske«, fuhr die Gärtnerin von neuem fort, »wo er auch stecken mag!« Die Kammerjungfer suchte und kicherte dabei immerfort heimlich in sich selbst hinein.

»Sagtest du was, Rosette?« fragte die Gärtnerin spitzig.

»Ich sage, was ich immer gesagt habe«, erwiderte die Kammerjungfer und machte ein ganz ernsthaftes treuherziges Gesicht, »der ganze Einnehmer ist und bleibt ein Lümmel, er liegt gewiß irgendwo hinter einem Strauche und schläft.«

Mir zuckte es in allen meinen Gliedern, herunterzuspringen und meine Reputation zu retten – da hörte man auf einmal ein großes Pauken und Musizieren und Lärmen vom Schlosse her.

Nun hielt sich die Gärtnerin nicht länger.

»Da bringen die Menschen«, fuhr sie verdrüßlich auf, »dem Herrn das Vivat. Komm, man wird uns vermissen!« Und hiermit steckte sie die Larve schnell vor und ging wütend mit der Kammerjungfer nach dem Schlosse zu fort. Die Bäume und Sträucher wiesen kurios wie mit langen Nasen und Fingern hinter ihr drein, der Mondschein tanzte noch fix wie über eine Klaviatur über ihre breite Taille auf und nieder, und so nahm sie, so recht wie ich auf dem Theater manchmal die Sängerinnen gesehn, unter Trompeten und Pauken schnell ihren Abzug.

Ich aber wußte in meinem Baume droben eigentlich gar nicht recht, wie mir geschehen, und richtete nunmehr meine Augen unverwandt auf das Schloß hin; denn ein Kreis hoher Windlichter unten an den Stufen des Einganges warf dort einen seltsamen Schein über die blitzenden Fenster und weit in den Garten hinein. Es war die Dienerschaft, die soeben ihrer jungen Herrschaft ein Ständchen brachte. Mitten unter ihnen stand der prächtig aufgeputzte Portier wie ein Staatsminister vor einem Notenpulte und arbeitete sich emsig an einem Fagott ab.

Wie ich mich soeben zurechtsetzte, um der schönen Serenade zuzuhören, gingen auf einmal oben auf dem Balkon des Schlosses die Flügeltüren auf. Ein hoher Herr, schön und stattlich in Uniform und mit vielen funkelnden Sternen, trat auf den Balkon heraus und an seiner Hand – die schöne junge gnädige Frau, in ganz weißem Kleide wie eine Lilie in der Nacht oder wie wenn der Mond über das klare Firmament zöge.

Ich konnte keinen Blick von dem Platze verwenden, und Garten, Bäume und Felder gingen unter vor meinen Sinnen, wie sie so wundersam beleuchtet von den Fackeln hoch und schlank dastand und bald anmutig mit dem schönen Offizier sprach, bald wieder freundlich zu den Musikanten herunter nickte. Die Leute unten waren außer sich vor Freude, und ich hielt mich am Ende auch nicht mehr und schrie immer aus Leibeskräften Vivat mit.

Als sie aber bald darauf wieder vom Balkon verschwand, unten eine Fackel nach der andern verlöschte und die Notenpulte weggeräumt wurden und nun der Garten ringsumher auch wieder finster wurde und rauschte wie vorher – da merkt ich erst alles – da fiel es mir auf einmal aufs Herz, daß mich wohl eigentlich nur die Tante mit den Blumen bestellt hatte, daß die Schöne gar nicht an mich dachte und lange verheiratet ist und daß ich selber ein großer Narr war.

Alles das versenkte mich recht in einen Abgrund von Nachsinnen. Ich wickelte mich, gleich einem Igel, in die Stacheln meiner eignen Gedanken zusammen: vom Schlosse schallte die Tanzmusik nur noch seltner herüber, die Wolken wanderten einsam über den dunkeln Garten weg. Und so saß ich auf dem Baume droben, wie die Nachteule, in den Ruinen meines Glücks die ganze Nacht hindurch.

Die kühle Morgenluft weckte mich endlich aus meinen Träumereien. Ich erstaunte ordentlich, wie ich so auf einmal um mich her blickte. Musik und Tanz war lange vorbei, im Schlosse und rings um das Schloß herum auf dem Rasenplatze und den steinernen Stufen und Säulen sah alles so still, kühl und feierlich aus; nur der Spring-

brunnen vor dem Eingange plätscherte einsam in einem fort. Hin und her in den Zweigen neben mir erwachten schon die Vögel, schüttelten ihre bunten Federn und sahen, die kleinen Flügel dehnend, neugierig und verwundert ihren seltsamen Schlafkameraden an. Fröhlich schweifende Morgenstrahlen funkelten über den Garten weg auf meine Brust. Da richtete ich mich in meinem Baume auf und sah seit langer Zeit zum ersten Male wieder einmal so recht weit in das Land hinaus, wie da schon einzelne Schiffe auf der Donau zwischen den Weinbergen herabfuhren und die noch leeren Landstraßen wie Brücken über das schimmernde Land sich fern über die Berge und Täler hinausschwangen.

Ich weiß nicht, wie es kam – aber mich packte da auf einmal wieder meine ehemalige Reiselust: alle die alte Wehmut und Freude und große Erwartung. Mir fiel dabei zugleich ein, wie nun die schöne Frau droben auf dem Schlosse zwischen Blumen und unter seidnen Dekken schlummerte und ein Engel bei ihr auf dem Bette säße in der Morgenstille.

»Nein«, rief ich aus, »fort muß ich von hier und immer fort, so weit als der Himmel blau ist!«

Und hiermit nahm ich mein Körbchen und warf es hoch in die Luft, so daß es recht lieblich anzusehen war, wie die Blumen zwischen den Zweigen und auf dem grünen Rasen unten bunt umherlagen. Dann stieg ich selber schnell herunter und ging durch den stillen Garten auf meine Wohnung zu. Gar oft blieb ich da noch stehen auf manchem Plätzchen, wo ich sie sonst wohl einmal gesehen oder im Schatten liegend an sie gedacht hatte.

In und um mein Häuschen sah alles noch so aus, wie ich es gestern verlassen hatte. Das Gärtchen war geplündert und wüst, im Zimmer drin lag noch das große Rechnungsbuch aufgeschlagen, meine Geige, die ich schon fast ganz vergessen hatte, hing verstaubt an der Wand. Ein Morgenstrahl aber aus dem gegenüberstehenden Fenster fuhr gerade blitzend über die Saiten. Das gab einen rechten Klang in meinem Herzen.

»Ja«, sagt ich, »komm nur her, du getreues Instrument! Unser Reich ist nicht von dieser Welt!«

Und so nahm ich die Geige von der Wand, ließ Rechnungsbuch, Schlafrock, Pantoffeln, Pfeifen und Parasol liegen und wanderte, arm wie ich gekommen war, aus meinem Häuschen und auf der glänzenden Landstraße von dannen.

Ich blickte noch oft zurück; mir war gar seltsam zumute, so traurig und doch auch wieder so überaus fröhlich, wie ein Vogel, der aus seinem Käfig ausreißt. Und als ich schon eine weite Strecke gegangen war, nahm ich draußen im Freien meine Geige vor und sang:

»Den lieben Gott laß ich nur walten;
Der Bächlein, Lerchen, Wald und Feld
Und Erd und Himmel tut erhalten,
Hat auch mein Sach aufs best bestellt!«

Das Schloß, der Garten und die Türme von Wien waren schon hinter mir im Morgenduft versunken, über mir jubilierten unzählige Lerchen hoch in der Luft; so zog ich zwischen den grünen Bergen und an lustigen Städten und Dörfern vorbei gen Italien hinunter.

(Auszug)

Worterklärungen und Anmerkungen

annoch	noch
Aurora	in der römischen Sage die Göttin der Morgenröte
Bandelier	Schulterriemen, an dem eine Patronentasche befestigt ist; hier: schmückendes Schulterband
Batzen	alte Silbermünze
blauer Montag	Begriff aus dem Färberhandwerk: Montags wurden die blau gefärbten Stoffbahnen zum Trocknen in der Werkstatt aufgehängt, so daß kein Platz zum Arbeiten verfügbar war. Später übernahmen auch manche anderen Handwerksgesellen die Sitte, am Montag der Arbeit fernzubleiben
Courage	Mut
Cupido	in der römischen Sage der Liebesgott; er wird als ein Kind und meist mit Pfeil und Bogen dargestellt
Degen	hier: mit einem Degen bewaffneter Mann; Held
diskurieren	sich unterhalten
Dudelsack	altes Blasinstrument, mit einem ledernen Windsack, der mehrere Pfeifen zum Klingen bringt
Ew. Gnaden	Euer Gnaden
falb	verblaßt, farblos
Flausrock	Jacke aus dickem, langfasrigem Wollstoff
Flechsen	Sehnen

Der Fremde Herr zu sein gemeint…, siehe Seite 47	eventuell Anspielung auf Napoleon
Galanterie	Höflichkeit, besonders gegen Frauen
Goldschnitt	mit Blattgold verzierte Schnittflächen eines Buches
Habit	besondere Kleidung, zum Beispiel Jagdhabit
Heller	Kupfermünze von geringem Wert
Herbarium, Plural Herbarien	eine Sammlung getrockneter und gepreßter Pflanzen
herumvagieren	umherstreichen, umherziehen
hoffärtig	hochmütig
Hohenstaufen (Staufer)	Fürstengeschlecht, aus dem deutsche Könige und römische Kaiser hervorgegangen sind
Illumination	Festbeleuchtung
Kammern	hier: Interessenvertretung gesellschaftlicher Gruppen in der Regierung
Kanzlei	Schreibstube, Büro
Kapriolen	närrische Streiche; Luftsprünge
Kompliment	hier: höfliche Verbeugung
kurios	seltsam, wunderlich
Latus	Seitenergebnis beim Addieren
Lorelei	nach der Sage eine Nixe des Rheins, die mit ihrer Schönheit und ihrem Gesang die Fischer in den Tod lockte
Luna	die Mondgöttin der römischen Sage; der Mond
von der schönen Magelone	gemeint ist »Die schöne Magelone«, ein Volksbuch aus dem 16. Jahrhundert
meditieren	nachdenken
Melancholie	Schwermut, Traurigkeit

Meriten	Verdienste
Metier	Fachgebiet, Handwerk, Beruf
Parasol	Schirm
parlieren	reden
Philister	Spießbürger, engstirniger Mensch
philosophieren	hier: über Ursachen und Zusammenhänge nachdenken
Pilgrim	Pilger, das ist ein Wanderer zu religiösen Andachtsstätten; im übertragenen Sinne auch gebraucht für Wanderer zu einem bestimmten Ziel
Prozession	feierlicher Umzug aus religiösem Anlaß; auch im übertragenen Sinne gebraucht
Reputation	guter Ruf, Ansehen
Reverenz	(ehrfürchtige) Verbeugung
Rubin	roter Edelstein
scharmant	eigentlich: charmant (französisch); anmutig, reizend
Scherflein	kleine Münze; geringer Betrag
Serenade	hier: Ständchen, Abendmusik
siech	lange Zeit krank; gebrechlich
Smaragd	grüner Edelstein
Spektakel	Lärm; hier: Schauspiel, Durcheinander
spekulieren	hier: nachsinnen, forschen
Stutzen	kurzes Jagdgewehr
Transport	hier: Seitenübertrag beim Addieren
Tulipane	Tulpe
Valet	Abschied, Lebewohl
Vesperglocken	Glockengeläut zum Abendgottesdienst
Vivat	(lateinisch) Er lebe!; Hochruf, Huldigung

beim weidlichen Fest	gemeint ist beim Festessen nach der Jagd
Welfen	Fürstengeschlecht; im 12. Jahrhundert Gegner der Hohenstaufen (siehe dort)
Wetschwuth	Name nach Josiah Wedgewood, dem Erfinder des englischen Steinguts (zur Geschirrherstellung); lebte im 18. Jahrhundert
Wunderhörner	Anspielung auf die Volksliedsammlung »Des Knaben Wunderhorn«, herausgegeben von Achim von Arnim und Clemens Brentano
Zinken	pfeifenartige Blasinstrumente
Zither	Zupfinstrument mit vielen Saiten
Zolleinnehmer	Beauftragter für das Kassieren von Wegeabgaben (Wegezoll). Diese Abgaben waren eine Einnahmequelle für den adligen Grundbesitzer oder die Gemeinden und wurden zum Teil für die Instandhaltung der Straßen, Wege und Brücken verwendet
Zopf	männliche Haarmode; der Zopf wurde meist weiß gepudert und mit einem schwarzen Band getragen

Inhalt

CLEMENS BRENTANO

ADELBERT VON CHAMISSO

JOSEPH VON EICHENDORFF

Quellennachweis

Clemens Brentano, Baron von Hüpfenstich und andere Märchen, Aufbau-Verlag Berlin 1963
Chamissos Werke, hrsg. von Dr. Hermann Tardel, Bibliograph. Institut Leipzig und Wien o.J.
Joseph von Eichendorff, Gesammelte Werke, Aufbau-Verlag Berlin 1962

ISBN 3-358-01244-1

1. Auflage 1989

Lizenz-Nr. 304-270/84/89
Gesamtherstellung: Offizin Andersen Nexö, Graphischer Großbetrieb, Leipzig III/18/38
LSV 7619
Für Leser von 12 Jahren an
Bestell-Nr. 632 711 3
00520